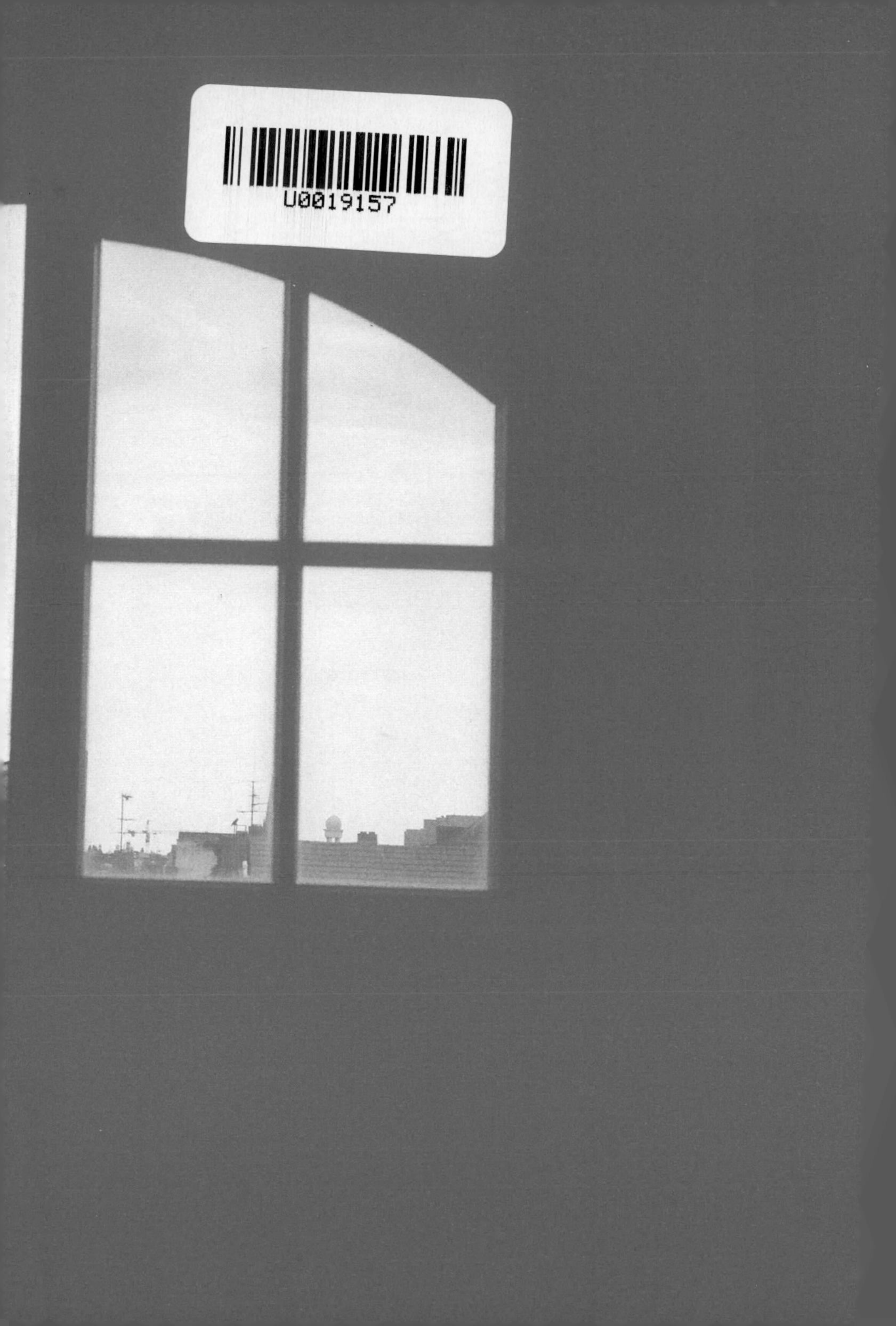

失戀傳奇

羅浥薇薇

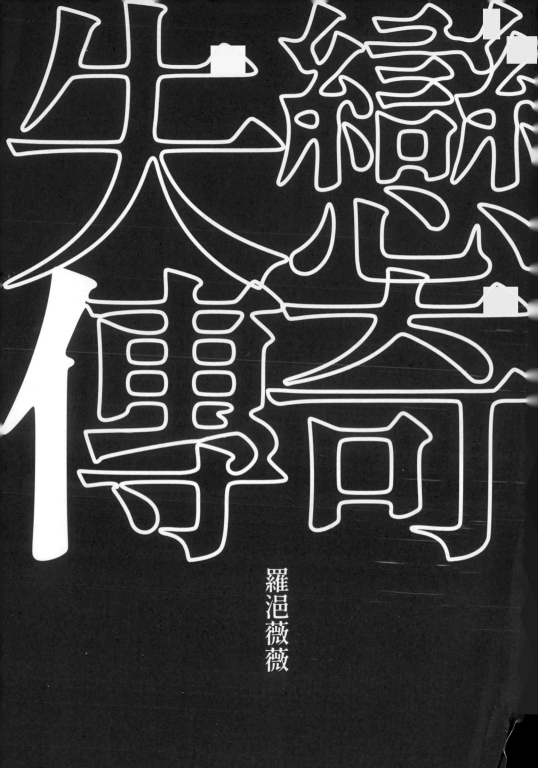

目次

推薦序

華麗的對決者

阮慶岳

閱讀羅浥薇薇的小說集《失戀傳奇》，立刻撲湧上來讓我做聯想的，是出版已經超過三十年、依舊被標誌作為女同文學經典的《蒙馬特遺書》。

毫不迴避與閃躲的性別議題主軸，以及透過愛戀中的背叛或是被背叛事件，所成功衍生描述個人在面對尚未順遂的生命情境，所各自選擇的站立骨架姿態，甚至絮語般從自我內在發聲出來的同心圓世界，都隱隱有著某種彼此間的呼喚與對語。

然而，羅浥薇薇和邱妙津自然也是很不相同的。

邱妙津將女同的命運刻劃成一種創傷，一種被時代背叛與辜負的共同悲痛，一種死亡般難以彌補的巨大歉疚。其中，隱隱搭接上九〇年代台灣多元與弱勢的社會關懷浪潮，成功在繽紛版圖上企立起自己的一方空間。然而，這樣歷程裡的步伐姿態，依舊帶著些許犧牲者的蹣跚祈憐，以及溺水者的哀嚎求救聲音。

相隔三十年的時代變異，羅浥薇薇展現的女同身影，已然有著極大的差異。在《失戀傳奇》裡，不同時空與身分背景出現來的女同（或雙性戀者），都以著現代都會游牧者的姿態現身，自我選擇地過著對類同波希米亞飄盪生活的追求，她們是有著堅定意志的自我命運決定者，對於無緣由發生來的一切，像觀看電影結局般選擇接受，卻又能無動於衷的走出電影院，並轉身迅速忘記。

她們不再是等待社會施憐的弱勢者，即令溺水也要華麗的掙扎，並以飽滿的自尊，對施救者的意圖，做出堅定的拒絕手勢。她們是自我命運與幸福的決定者，無怨無悔地展示自己歷經的荊棘與疤痕，由是，幾乎顯現出在時代多方浪潮裡，因為能夠勇敢與無畏，因而冠冕承接的領航者姿態。

就文學的角度來看，羅浥薇薇和邱妙津都是能夠透過私書寫，成功建立一個可被廣泛認同生命觀的優秀作者。這其實也是檢驗小說家的一個重要視角，也就是說，有沒有辦法讓自己建構的文字世界，成為被讀者相信、接受與認同的人類文明共同經驗，就是小說家成立的一個基點。

羅浥薇薇筆下的世界，其實相當獨特甚至怪異，主要角色既是行動者、也是觀察者，不猶豫地引領我們穿入龐然的神祕森林，眼花繚亂間不免讓人害怕失途迷路，因而尋求引路者偶爾回眸時的目光指引。然而這樣的引路者，卻是淡漠的獨舞者，她有如一部緩緩掃過一切的鏡頭，既是深情也無晴雨的掃視著眼前一切，然而，我們都預感到這樣平靜的景象，即將在瞬間被無情切換到另一個時空視角，因而不能自免地揣揣不安著。

文字俐落近乎無情，卻牽絆著情感的裙角隱約搖曳生姿，她側側恍如不經意地寫著人，像正在描寫一個正好行過窗前的不相干路人，而其中洶湧澎湃的情感，譬如屢屢處理做愛就像是一場喝咖啡交談的方式，都讓人驚訝地感覺到巨浪撲面的力道。愛情或者因為單向道的軌跡，而屢屢遭遇到斷徑死巷，但無悔的游牧者姿態，才是最後張告的旗幟，獨自高高舉起迎風飛揚。

這是一本對決者的小說，對決愛情與生命，也對決讀者及文學。

推薦序

今日韻律御守

張亦絢

有次我對某人道：「你的臉看來像所有我曾不愛了的人的總和。」——如果這是示愛就非常糟糕，說人沒特色就罷了，還是經濟型的綜合包——幸而那時的人與我，都已越過浪漫主義了。某人心平氣和幽默道：「可能因為這時妳沒戴眼鏡的關係。」

讀完羅浥薇薇的新書後，我一直在想這個「眼鏡的問題」。

有個老師也是攝影師，與高達有些往還，他給我們看片子，會道：「高達這裡總是拍得比一般更清晰，因為他近視太深。」我懂意思但還是暗地回嘴：「這意見置眼鏡行於何地啊。」如今我們真是非常依賴驗光制度，將各種偏差用技術控制在標準值範圍，幾變成不言自明的義務。

我並非偏激到反對眼科——只是想到，隱喻的眼鏡與標準化，也常向我們的精神進攻。多少知識，都在管制不正統的漂流物。矯正視力並不過分，然而，若說到我們的存在，是否該配讓人人都差不多的「眼鏡」，這就真是哲學問題。衰退或詭譎的感受性真的不好嗎？至少在藝術上，很多人會說，完全不然。羅凒薇薇在〈北京同黨〉裡寫，主角在創作完「想到它們不是別人的都只是我的，我就喘不過氣、心臟跳得胡亂飛快，怎麼也睡不著。」小說不只在此處寫出「反抗眼鏡」的徵候。心理學上有個說法叫做「畫家的犯罪感」，大意是說創造的權力與造物的美好，使畫家會有非法竊占寶物的賊樣不安。對這領域有心得的專家會說，緊張不是由於才華或準備不夠，大師或「太」敏於藝術的作者，神經質一樣嚴重——天才有時是會嚇壞天才本身。作者會有各種策略不讓才氣罪惡感癱瘓工作。用自成一格的視角，給出非眼鏡可見的規格外宇宙，原就是藝術本職——然而，《失戀傳奇》如歌如詩的詠歎氛圍，還是讓我感到如同「脫去多次眼鏡」之後，一種絕非普通赤裸的剝復與鮮綠。

雪人的鼻子掉下來

〈失戀傳奇〉中的主述者「我」對台灣女子樂妹的情感與意見都濃烈，甚至斷言樂妹「遲早使人發狂」——但讀者看到的樂妹只是個「友善翻譯」——完全表面化的一個人。到了結尾，告別之後，「我」突然跑起來，樂妹遠遠跟著，喊他「哄頭」——那是主角大舅以鄉音喊他的個人化的不標準音——我們這才知道樂妹與此人曾多親密。所有愛過的人都會說，愛情乃是能夠記住毫無重要性的小事。樂妹原來是個「記得者」。這兩人就算不愛，在那一刻也是確實愛了——這大概是，為什麼失戀之所以傳奇。

如果把社交假面比做雪人笑嘻嘻的臉，羅浥薇薇經常捕捉的就是胡蘿蔔鼻子掉下來，雪裂的瞬間。愛比愛的行為不可捉摸，通常也藏得更深，即使愛主自己也未必了然。〈願望〉甚至遠兜遠轉地以一個好似科幻的故事說了此事。主角最後才「出（雪）土」，我覺得寫的並不只是受難者，也是山崩——埋葬幾乎一輩子，但無一瞬回魂，不足以知埋葬，非常有意思。

羅浥薇薇筆下的雪人幾乎都漂亮，自帶情調，也許有人會覺得有種非關貴族的貴族氣氛——〈浪琴記〉裡的劉星彈鋼琴，〈龐城之春〉的玫瑰也彈琴——一般來說，彈琴人有某些共通的語言與心路，有些很愉快，有些則未必。或許可以把鋼琴視為身體的延伸，琴體使身體以一種特殊的專注方式認識與發揮自己。這種理想也包含了展示在大眾面前的身體自信。因為不同的暴力，女主角們與鋼琴的關係都斷裂了。這種失落有如失去包括語言的身體外延，變成「沒有鋼琴的女人」，是「其後」，也是被閹割的焦慮。

身體空間總是有兩個發展的方向：外擴或內縮。〈浪琴記〉寫內縮的樣態：「只得安安靜靜低頭吃完自己的心。」真是駭人的觀察力與準確。

酷兒身體要往何處去？

從這個線索來看，羅浥薇薇的核心關懷大概是：身體要往何處去？身體的封閉意味著生命的絕緣，且不是所有的身體空間都平等。〈斷代史〉中的MAY「有點怕德州」，因為聽朋友提過此處電影院在上演《斷背山》時，有大漢飆罵——即使MAY不在現場，坐在酒吧裡都「背弓如貓」。

小說裡的人物經常飛，哩程計算應該頗為可觀——地理上的能動強度固然是現代生活的表徵，其實也反映了酷兒身體無法單單仰賴落地生根就安居樂業。為了你的身體，你必須向另一個身體追尋——身體需要能夠與之呼喚對話的身體，否則與坐監無異，然而並不是任何身體都可以相互感應。沉默的下場非死即傷。小說人物經常心念音樂或電影，那是對抗社會空間對酷兒們的切割隔離，從藝術的想像借來暫時的完整性：空間不是長寬高，暴力就是空間死，而空間死與身體死是連帶的。〈夢醒時分〉寫唐山書店附近的唱片行易手給「**財大勢大的教會**」，我的溫羅汀記憶沒那麼細緻，但類似的空間憂傷並不陌生，往往也不只在一處。

韻律的記憶與實現

身體空間的重覆單調與否，也常是人們據之判定平凡的標尺。女同志平凡與反平凡的爭論，由來已久。只是努力共同生活，是否代表了無新意的複製異性戀？這個主題值得細究。〈夢醒時分〉中，寫出了曾是一對的女同志，透過性交完成了雙向強暴，一邊以欺騙，一邊以憤怒——此處身體空間的粉碎，不是活動空間的粉碎，而直達內在，也是直取性命。

如果只是把這些描寫當作對「戀人無良」或「開放關係」的指控，那是太限縮了。至少有兩點值得注意，一是兩人前此即有的不安——一旦女同志進入也可被當作文化與社會資本來運用的階段，資本利弊互見的問題自然相伴而生，因為彼資本又會高於此資本——稚拙天真的人，很容易捲入資本遊戲中，而這最大的問題不是如何投資，而是在投資的思考裡，工具理性可能凌駕了本能的聲音，也就是凌駕身體。蔡瑞月的老師石井漠曾寫道：「舞蹈的墮落是忽視韻律。」韻律是拍子的基礎，而非倒過來。其次，如果讀者能感受艾力對繾綣的不信賴，我以為，那是因為我們從敘述中，感受到（強暴前的）艾力仍在韻律裡，而繾綣的回歸是以拍子排除韻律——拍子是規範或強制，但韻律是生命本身。

〈夢醒時分〉的倒數第三段整段，可說是我見過將女同志生命韻律寫得最好最美的上乘文字，「忽然有一個時間，我發現，中間的人都不見了，好像一直只有繾綣，跟我。沒有中間的人。」重點不在有沒有中間的人，而是文字帶出的韻律——旁若無人的氣息才是（性）自主的氣息——那裡有真正的完足與抵抗。如果有什麼可以是身體空間，這裡就是。

因為韻律，身體才不被削為物；身體空間的記憶，若滅了韻律部份，就有反生命的危險——以此觀之，羅浥薇薇是在倫理與才份上，雙雙俱足的守護者，珍稀且強悍。在同志權益爭取制度與空間落實正熾的今日，我們能夠再加上此一代韻律御守，真是何其有幸。

夢醒時分

昨日醒來已是深夜，我決定去找繾綣。

繾綣躺在一船沒有架的葡萄紫單人床墊上，床墊底下鋪了一張邊緣補過釘的軍毯，兩三本書散在毯上。她頭頂著的牆壁爬了一些鉛筆寫的字，行是歪的、筆觸又很齊整，寫的什麼夜暮看不清楚。我想走近，又怕驚動她，就站在床腳看。她熟睡的時候像一個被愛得很完全的普通女生，眼尾和嘴角整個鬆懈下來，半張臉埋在枕頭裡。可能是怕冷，從被子裡露出來的左腳套了厚襪。她把頭髮剪得好短，連鬢角都削掉了，看起來又更瘦。

我和繾綣三年不見。不只是沒有見到面，是連通信通電話都沒有的那種不見。說老實話我已經想不起來最後一次和她吵架究竟是為了什麼，是她狠狠指著我警告「妳最好不要給我跟吳鶯鶯有什麼牽扯」，還是我把她的電腦摔到地上然後拿出她皮夾裡我替她辦的提款卡一刀剪斷，總之我們一甩離開她家，從髒灰的老公寓樓梯走下去的時候一直想著這樣下去不行，我的心像馬路上的柏油乾燒一整年，再被這樣來回揉碾下去就要見骨了。我把身邊所有她的東西收箱寄過去，傳簡訊給她「我不想再見到妳」，然後把她的號碼刪除。輾轉聽說她後來搬家，去了雲南一陣子，又回來。我一直待在台北，沒有走，但她再也沒有來找過我。

她的房間裡沒有夜燈，我盯著她，一陣子，慢慢輪廓才清楚起來。我不想叫醒她，也想不出來現在還能做些什麼，就一直站著看。這樣不知道過了多久，遠處群狗清清冷冷地吠了，她忽然睜開眼睛，翻過身就朝我的方向，好像看見了我。

我心臟碰碰跳，不敢妄動，繼續站在暗處看著她。她幾次試著用肩膀和手支起身體，終於坐起身，眼睛直直望穿我如夢遊。她微微抖著、用盡全身力氣，僵硬地掰開嘴，過了兩秒，從喉嚨嘔啞喊我的名字：

「艾力？」

我好害怕，轉頭即走。

●

再醒的時候陽光晚晚照進屋子，我伸手蓋住臉，光好重手掌擋不住。我從沙發翻身想拿桌上的眼鏡，身體太軟太沉，一使力差點掠倒剩下三分之一的啤酒瓶。是中午用餐時間，窗外小巷子的飲食店整條一起醒來，學生吆喝穿梭。是吧夏天過去，開學了，今天是社團招生日，繾綣也該在學校裡。我打開水龍頭裝了一杯水，把維他命C發泡錠丟進去，它在盛大升起的微小泡沫中緩慢下降融化，像名不自願獻身的士兵。我一直注視它，直至它完全消解，然後一口氣喝盡。

我潦草梳洗，換了襯衫走下樓，一開大門人間的熱氣轟地襲來，我不得不扶一下路旁的腳踏車站穩腳步。學校後門這條巷子的飲食店流動率不算低，但總有些無論經濟多蕭條都屹立不搖的釘子戶，比如我家正對面的湘南滷肉飯，口味毫不特別，無限加碗的白飯熱湯與仙草卻是大學男孩怎麼也無法抵擋的。繾綣不喜歡，她只吃了一次就說不夠甜，句點。她老家台南，無糖不活。

順著大群腳踏車與雙載的學生情侶流過辛亥路，左手邊是社會系館，右拐外文系、心理系，台大同性戀金三角。女八宿舍Penny Lane，拐過小椰林再轉個彎，小福如荒漠綠洲餵養眾生，從籃球場開始，延伸到體育館四周，沿路都是帳篷攤位。我放慢腳步，試著融入猶豫來回的學生節奏，吉他社有個高個子男孩用很喧嘩的方式唱著五月天的歌，命理社前「免費測字」的海報是清清白白的手寫字體，一直有慇懃的學生要塞傳單貼紙給我，我儘量不與他們四目相交，想像自己的身體是透明的，想像沒有人看見我。他們要招呼的，只是或許就正走在我背後的某個農經系女生。

我遠遠看見繾綣，她手上拿著一疊傳單，見到我就笑著邁步走過來，兩條手臂張得大大的，環住我的脖子，給我一個很緊很深的擁抱：

「妳來了。」

她的頭髮天生帶點褐金色，細軟鬈曲像外國小孩那樣。她靠過來的時候髮尾輕輕搔過我的脖子，我深深無聲地吸一口氣，是繾綣沒錯，沒有味道的繾綣。她身上沒有味道，連沐浴乳或肥皂的味道也留不久。我買過一罐香水給她，她只討好地沾了幾滴在脈摶和耳後，皺皺鼻子跟我去看了場電影，隨後便把那罐香水束之高閣。她不說喜不喜歡，只用行動拒絕了我想製造專屬氣味的提議。

我沒有移動，也沒有伸出手觸碰她，我的腦子在她走向我的瞬時夷為颶風刮過之後的廢城，無邊死寂透露些許過時的激動。我囁囁地說我時間不多，一下子就得回去了，別跟別人說，我只過來看看妳，打個招呼。她跑回攤位把傳單交給我不認識的學妹，又從鐵椅上拎起背包和薄外套，過來挽住我的手臂往外走。我看得出來她是真的開心，有時看看我，有時又像隻好動的兔子，一面指前面的路一面跳著走。

我們橫越新生南路繞進密織的巷弄，與滿溢出咖啡館的人們錯身，朱利安諾雪可屋挪威森林，有一回在裡頭撞見Dot Alison水妖般唱一首歌，借了封面來看是夕陽。接近盡頭快到羅斯福路時她左右望了一下，我以為她會轉下去唐山，那溼氣與書氣彌漫的地下室時常使我過敏，我對她搖搖手想拉她再向前，她卻轉往了廉價簡餐店斜對面、小十字路口的那扇玻璃門，自然推門而進。

畢業之前，這間全黑的唱片行就已經易手給財大勢大的教會，我記得很清楚，因為繾綣短暫在這裡打工過一年。繾綣沒有手機，說是討厭別人輕易可以接觸她，好像一個什麼把柄在別人手上那樣。所以在她開始打工之後大家找她就方便了，只要過來唱片行就好。唱片行員工的時薪低得令人髮指，更別說她幾乎把所有薪水都合理拿去預支員購價的唱片。被我碎念許久之後，繾綣開始試著在網路上賣掉不聽的二手ＣＤ，比起想辦法回收金錢，她花去更多時間寫簡介描述每張唱片的特出之處。她擁有大量歐陸金屬樂的收藏，我聽不入耳，她都會說，妳聽聽看背後電吉他的旋律，妳難道不能感受到這種美嗎。我沒有再多說什麼。

「這樣闖進來，真的可以嗎？」我不安地跟在她身後。

繾綣沒有回答我繼續往地下室走，她拉開電箱，扳開標有樓層區域的開關，樓梯間與頭頂的燈就此起彼落地亮了，一架一架唱片展開在我們眼前，一塵不染，彷彿仍有人時刻看顧。

我跟在她身後，拿起試聽機上的大耳機戴上，敦實的鐵軌帶來遠方的火車，打字機快速敲擊，英國腔的女子在說話，鋼琴聲海浪一樣拍打過來、褪去，又捲來了絃樂。小提琴順勢攀爬，和弦一層一層往心堆疊我闔上眼睛看見布萊登的鵝卵石海灘，遠方廢棄的碼頭兒童遊戲場，一名裸著上身的舞者在海上跳舞。我目光專注跟著舞者的腳步踏晃海水，有人從前方猛然抓住我的肩膀，我驚魂未定地睜開眼，繾綣的臉離我好近，表情非常嚴肅，她開始用力搖晃我：

「妳把我的朋友弄去了哪裡？」

我一陣暈眩，倏地跌坐在地上。

●

繾綣是二年級才從中文系轉過來的，剛來上課的那學期班上同學一個也不認識。我對她最開始的印象就是早上九點的必修課老趕不上，她總是在課間休息時間鑽進教室，坐在最不起眼的位置。她的臉長得有點兇，也不是那種太擅長加入談話的類型，分組報告時我於是把她拉了進來，我就是沒有辦法看別人無助地裝冷淡的樣子。轉我們系說難不難，說簡單也談不上簡單，「我就在自傳裡說我是個女同性戀，應該是這樣就上了吧。」跟我熟一點之後她這樣開玩笑地說。

我帶她進社團午聚，她如魚得水的笑容使我產生一種識人能任的虛榮感。那時社團的傳統是花百分之九十七的時間談心談童年談情傷，多談幾次情侶們就又要打散重洗牌。但繾綣不下場，她說她還沒準備好、還沒想清楚。很多人喜歡她，畢竟在我們角色能見度不對等的圈子裡，僧多粥少的景況使人自然聚焦投射情感。她不急，周旋在好幾個小狗一樣跟在身後提包包或等下課的翩翩少T中間，兩袖清風，不帶走一個虛名。

「交一個女朋友，一起吃飯、上學、採買衛生棉，找一個小套房同居，想辦法出國。為什麼我們追求的人生跟一般異性戀愛侶沒什麼兩樣？」她問我。

「因為我們比誰都害怕失去最平凡的東西。」

其實我要說的是「『我』比誰都害怕失去最平凡的東西」，但我感覺繾綣沒有那麼害怕，所以拉了空泛的一整個族來虛張聲勢。我還想說「妳憑什麼覺得我們這麼特別？」，怕她依此暗示悄然領悟投身彼岸，遂硬生生把這句話吞下去哽在心上，成了我撇頭不願直視的暗影。

●

「……我想跟妳說一件事。」

我從地上爬起來，揉揉眼，唱片架與牆上的專輯海報都不見了，我們站在共同教室大樓前，午聚剛結束。繾綣轉過身來，抿著嘴抬起頭看我，她的聲音從山谷那頭遙遙傳過來。

「我跟胡心上床了。」

胡心是鄰校女研社的成員，日文系大五。我跟她在大遊行的十校聯合會議碰過幾次，她話不多，臉頰肉肉的，帶著一副無框眼鏡，中分長髮不大整理，有時簡單束起。我們沒有什麼深交，只記得她的女朋友很美，總是妝容精緻，踩著細細薄薄的跟鞋，細節都整理得很妥帖，我極少在周遭的女子身上看見這麼世俗的美。她們不牽手，胡心會把手擱在女朋友的腰上走路，像跳國標舞那樣刻意保持一種自持的曖昧距離，那讓我感覺好色情。

我低頭看著繾綣的裙擺，在膝蓋上方三公分左右的地方有一道長長的疤，看起來已經結痂幾天，脫落的部分露出淡粉的新肉。繾綣第一次向我介紹這條疤的時候，表情就像介紹她的老朋友那樣，她左手拿著一把美工刀，從幾已癒合的疤上方，堅定地割進去，然後皺起眉頭極緩、極緩地排開淤塞的河道。

「每次好到快要看不出來的時候，就要疏通一下。」她用毛巾壓住傷口，身體不自覺地向前搖晃壓抑疼痛。

我沒有辦法在第一時間把手伸出去阻止她，其實就算第二或第三時間也辦不到，只是在那瞬間整個房間都在無聲大叫，叫完之後喉嚨乾乾的。我把那支紅色美工刀從桌上拿起來，擦乾淨，收進自己胸前的口袋。

和繾綣分手後自己待在台北的日子，我時常想起她衣櫥裡那些補好又拆開縫線的牛仔褲，廁所外頭重漆過再發狠刮壞的牆壁，抽屜角落整束斷成兩截的鉛筆，酒水滴穿我的肋骨墜地有聲直至它們終於吞沒整座公寓而我載浮載沉。都打上岸了莫繾綣，三年，妳還跟我說什麼，妳又愛上了誰呢？想著公寓中央破碎的海灘，我忍不住笑了出來：

「可是，繾綣，我們已經不在一起很久了啊。」

她像是沒有聽見我在說什麼，臉上浮現一種入迷的神情。

「我覺得好奇怪，好像自己變完整了，而且我還是覺得自己深愛著妳啊。胡心說這就是開放關係，如果我們要這樣試，就得讓妳知道。我還跟她女朋友、我們一起去聽黃小楨，她女朋友說下次要帶我去六條通的T吧玩，然後我就想我要帶妳來，我想要帶妳來，我不想瞞著妳。我知道妳或許一下子不容易接受，但我實在想跟妳分享我的快樂。」

她對著我說話，又好像是對著一個別人：「真的。妳想知道什麼，我通通都可以告訴妳。」

我盯著她傷疤邊緣還沒有完全掉光的舊皮，一整分鐘過去，頭抬起來，她迷惑人心的嘴微微裂開一個縫。

「我想知道我不在的這幾年妳都做了些什麼。」

我唇齒開闔的動作跟不上一一吐出的字，那微妙而僅有我察覺的時差傳達到她耳裡時都尚未抵達我的，但她幾乎無需思索脫口而出的答案如此完美而斬釘截鐵：

「我只是在等妳回來。」

我感覺自己又被繾綣似是而非的論調給纏住了。她拉著我的手，從小公園旁邊的岔路走進去，回到五巷二十八號三樓她家。她說室友倫的畢業製作晚上開殺青派對，邀了很多朋友來，我跟她說我真的想走了，而且人多的場合讓我耳朵痛。但她一直重複會很好玩會很好玩的，蝙蝠姊姊愛琳、最會vogue的偉志小妖精都會來，她說妳放心，她們把裡頭弄得暗摸摸只有我看得見妳，我還沒開口問她那胡心也來嗎，她就把我勾得緊緊地，說我會待在妳身邊不讓妳落單。我在想我又要被她騙了，卻對於她這麼大張旗鼓來騙我感到異樣甜蜜。

我幾乎認不出來這是繾綣的屋子，燈昏人閃，所有陳設都改了，李雨寰的舞曲是漂浮在腳尖的求愛對白，或坐或臥欲跳欲死的點狀列嶼在低限的燈光裡模糊成形。繾綣排開眾男眾女走向廚房裡的吧台，三兩手俐落地調好兩杯酒，遞一杯給我。我淺嘗一口，杯口的鹽巴替廉價伏特加開路從喉嚨燒進胃壁，她比例調偏了，她想弄醉我。許多我不認識的人走過來跟她打招呼，熱情地，親臉頰摟抱，辣辣大笑，我退在角落冷酌。她以為這樣就可以操控我嫉妒，或不嫉妒，她以為世界是用她想的就完美造成，她這個好傻的千金小姐，沒遇過壞人。

我仰頭一口把酒喝盡，獨排眾議上前湊到她耳朵旁邊壓低聲音說：「去房間，我想幹妳。」

她雙頰緋紅，沒有回頭看我，姿態有些羞怯又掩不住驕傲，仿若一名首次被萬貫恩客點檯臨幸的酒女。她領我穿越玻璃杯煙灰與M.I.A，拉開半透明的木門，讓我踏進來，然後反手拴上鎖。我把襯衫脫掉，只穿著裡頭貼身的T恤，把手上的戒指一只一只拔下來，放進她手上的酒杯裡。

「過來。」我簡短地發號施令，「趴著。」

她把頭髮斜倚到一側，手架在桌上，盈盈微張的眼如動情的貓，半順服半挑釁地回頭瞅我。

我從背後接近她，用鼻尖自她半裸的肩膀、髮根、耳後開始游移，在她耳畔逗留，輕咬她的耳垂，再用低沉的氣音發布命令：「腿打開。」

我用左手環扣她的腰，右手伸進她薄薄的裙子，沿著內褲邊緣的蕾絲用指甲輕輕劃過她的臀線，繞遠，繞回，她的身體輕輕顫抖。我再拿指腹試探地往她雙腿間掠過，她的內褲溼透了，不知道從什麼時候開始，也許走在大街上的時候她就這個樣子了，濕漉漉地等著被我侵犯。隔著內褲用手心手背來回摩蹭她時我感覺自己私處的脈搏通電似地瘋跳。

「自己把內褲脫掉。」我放開她的身體，站到距離她半步的後方，像個主人那樣正色使喚她。

她乖順地拉下粉橘色的薄紗內褲，自己揉在手上，然後踮起腳把下半身翹得更高。我上前抓住她的乳，她忍不住低哼，又不安地往外頭看，拉門隱隱約約可以看見外頭來去的身影，音樂不歇，不時有人倚在門邊說話，我變本加厲地扯下她的內衣，讓一邊乳房露在外頭搖晃。

她開始呻吟，我知道她喜歡這樣，她喜歡被侵犯，我搗住她的嘴，她就被弄得更興奮了，試著掙脫我，又把身體弓得更靠近。我把手指滑進激動吞吐的陰道，凹凸泥路肥厚丘陵失神墜落的海溝，這飢餓地景。她發出一種不屬於她，而屬於低等動物無以自持卑微求饒的哀鳴，使我巍峨兇猛，充滿傾力攻擊她的欲望。我的攻擊越規律，我們身處的風景會越生動，越忘情敞開到令人驚奇的境地，她很貪心，有時故意打破這規律，想延遲她無邊的快感。她太貪心了我拉住她的頭髮，儘量不把她弄疼地拖她到地板上，她跪著，洋裝褪到腰間，我騎在她身上按捺住情緒冷淡地說：「妳這個賤貨。」她喉嚨發出低沉如獸的聲音，整個身體都隨著我前後擺動。我再罵她，她開始以幾無倫次的譫語附和我的羞辱，並飾以更長更持久的哭嚎，我咬著牙一次次撞擊她、推動她，她越喊越大聲，仰起頸子，整個身體繃成一把強壯的弓……

是這裡，她銜命把箭射出，遠遠地，我看見它在空中，以凌風之姿飛越虛妄。

短短幾秒鐘，海市蜃樓瞬時傾倒為沙。

她死命箝住我的手，迫我和她一起在餘震中看這毀壞之城，而後噙著淚水躺在地上，動也不動，像終於死掉了一樣。

我心想剛才應該悶死她的，我錯過了，我現在不想這麼做了。我把手用力抽出來，她受傷似地哼了一聲，我沒理她，想到她這麼會演戲，演到都像真的，就對她厭惡極了。

我拉開門走出房間，人們在音樂裡扯著嗓子說話，沒有人理會我。我任門半開著，自己走向狼狗夜色。

整列捷運車廂空氣好淡薄，只有我手上都是繾綣的味道，要吃掉我那樣張狂。走進家門，鞋都還沒脫好，母親的電話就感應似地追過來，提醒我要記得吃藥，下週三要去複診。她的聲音非常溫柔，從而提醒我自己的處境如許堪憐。她的工作無法請長假，剛出院的時候於是派了弟弟來盯著我一個多月。除了吃飯睡覺，他住在我這裡的時候，成天就是打線上遊戲。我跟他沒有話說，只有一次在客廳裡我問他：「你什麼時候要回去？」

他勃然動怒，把手上的遙控器用力摔到地上：「妳以為我愛待在這裡啊？妳不發神經的時候我就回去了啦！」

剛住院的時候繾綣來看過我一次，護士問我要不要見她的時候我有些慌張，抓起手邊的一個隱形眼鏡盒，就跟著護士小姐走往會客室。她幫我帶了一些書，多是攝影圖片集之類的，她說這種時候還讀字會走火入魔。她很會若無其事說一些不著邊際的話，那令人感受到她的努力，一種想操控我們逸離此時此地的努力，但多數時候，那使我加倍體認到荒謬的現實。她甚至說了很多關於精神病院的笑話，還拿著一台小相機，問我能不能讓她拍下巴的傷痕。我攤攤手，她就湊近過來，喀喳一聲，連閃光燈也沒關。我從病房醒來的時候，身上就已經這樣多了許多這類令人匪夷所思的傷，我問過母親，她說是醫院警衛壓制我的時候受的傷。我想不大起來，想再問細一點，她只淡淡地說：「妳那時候心情不好。」

我把手上的隱形眼鏡盒遞給繾綣，說這是給妳的禮物，她裝作萬般愛惜地收進口袋。我接著問她可以借我錢嗎，我想買菸。

「裡面不是禁菸嗎?」她一面低聲問我,一面望向門邊假裝沒有在聽我們說話的護士小姐。

「跟大姐頭買啊。」我說。哪裡都有階層,精神病院也不例外。

繾綣眼神閃爍像是第一次做賊,用外套遮住皮夾和書,從皮夾裡抽出一張千元大鈔,深藏進書裡,再雙手把書捧給我。

後來她就不見了。我在裡面打過幾次電話給她,我問她「妳找我嗎,我一直聽到妳跟我講話」,或者「妳怎麼了,是不是誰欺負妳」,她一開始還跟我說說笑笑插科打諢,兩三次之後再也不接我的電話了。我後來知道醫院裡面撥出去的電話會顯示為「隱藏」，我氣壞了，狠捶大廳的公用電話，排在後面的病友看著我無邪地笑。

出院觀察期滿，弟弟搬離那天，我馬上走了一小時的路到她家樓下按門鈴。我知道她在家，我看見她的房間亮著燈。她不理我，我就坐在路邊，拿地上的石塊丟她的窗戶，我沒有用喊的，我怕別人以為我是瘋子，也怕她被鄰居討厭。我還異想天開要從她家門邊的樹爬過去叫她，但我的肌肉太弱，兩三步就摔了下來。我無技可施，走到巷口便利商店買了台啤，坐在地上邊喝邊等她，每半個小時我會起身去按十秒鐘門鈴，這樣折騰幾個小時，她終於出現在樓下。

「妳不能這樣隨便出現在我家。」

她面無表情，手上緊緊握著那把紅色美工刀。我不明白，我只是想見她，她就這麼不願意見我嗎？我說不出話，默默把背包打開，拿出裡頭的保鮮盒，遞給她，沒有辦法睡覺的時候我給她捲了一整盒的菸。她沒有伸手接，還是一張恩斷義絕的臉。我決定微笑，她不懂她自己，她看不懂這整個人與人相遇的大圖像，她怕我。可是我看穿她了，只有我懂她，只有我可以像這樣愛她，而且我不會傷害她。

「妳走。」

她指著巷口，快要哭出來那樣。

●

我很少看到繾綣快要哭出來的表情，只有一次。

二〇〇〇年三月中的某個夜晚，我打工完順道去帶繾綣跟朋友一起吃宵夜，我記得那天空氣微涼清澈，一路騎去街上竟然人很少，台北異樣安靜好像一座空城。在宿舍門口接到繾綣時，她表情很激動，眼睛睜得老大，不說話，一直眨一直眨。

「妳讀書讀傻了是不是？」我把安全帽笑著遞給她。

「妳不知道嗎？」她的胸口跟著激動的呼吸起伏。

「變天了。」

我政治無感，母親從小告誡我不要干涉任何和政治有關的事，她總是說天下烏鴉一般黑，別去淌那渾水。我只知道繾綣很在意她十一月才過生日，大選沒法投票。本來就沒打算投票的我，完全不記得今天是什麼日子。

「妳知道這代表什麼意思嗎艾力，天哪。妳知道我們正活在歷史裡嗎？」

她跨上我的摩托車後座，上車就沒再說話了，我看不見她，晚風吹拂她的沉默。我們騎過忠孝東路，經過還亮著的淘兒音樂城，原本緊拉後方握把的她忽然靠近我，把手搭在我的肩膀：

「我們也來做一些厲害的事吧。」

那年夏天我們規劃了一個讓高中女生參加的女同志營隊。這地下營隊招生的方式，是潛進各女校廁所貼傳單，以及在壞女兒ＢＢＳ站發煞有其事的誘人廣告文。為讓這些意欲追求新知的未成年少女們，在暑假得以順利離家與其他女同志同樂，我們還精心設計了另一款完全不同主題的虛擬營隊簡介及回函，用以取信家長。自知不見得比那些少女成熟多少的我們，甚至安排了密集的行前課程與輔導訓練，每週都有我極力想逃避的心靈團體。其實我並不討厭分享自己的生命故事，我只是討厭別人的反應。人們面對他人人生的反應，普遍都過分仁慈或殘酷到缺乏想像力。

週六下午是固定的團體時間，事發當日我們坐在社會系館三樓的空教室，討論如女同志瘟疫一般席捲世代的憂鬱經驗。高中畢業前就開始吃抗憂鬱藥物的我，以前輩之姿，正試著用客觀的歸納比較方式，分析各式藥物的副作用。話說到一半，冷不防一個學姊抓住我的手臂：

「妳該不會還自殘吧？」

我的右手腕內側有一條很長的疤，平時並不特別遮起來，也鮮少有人問起。我不會說謊，也不想呼攏，就笑著對學姊說拜託，我超怕痛的好嗎，而且真想死的話，那樣割才不會死。

「是我爸揍我媽揍紅了眼，要拿酒瓶砸她。」

「我沒種跟他搶酒瓶，只好衝到我媽前面，拿手一擋，」我舉起手作勢比劃，「……結果就這樣了。」

因為跟不同醫師都說了好幾次這個故事，所以我講起來輕鬆得很，怎麼刪剪枝節、控制節奏，都駕輕就熟。講完之後，我笑自己戀母情結，說自從那次被扁過後我媽多愛我，最後連公寓都登記給我，語畢大家就稀哩嘩啦地笑。教室裡只有繾綣滿臉嚴肅，嘴唇緊抿皺著眉頭，瞪著我，像一朵烏雲，下一秒就要大雨。我不知所措佯裝爽朗地用手肘頂頂她，說幹嘛這樣啦，哪有這麼嚴重。她不發一語，拉開椅子走出教室。

大家妳看我我看妳，沒人膽敢接這個招，學姊只好示意我跟去看看。我打開門，繾綣背對我站在走廊盡頭的落地窗前，我慢慢走到她身後，距離一個拳頭的地方，輕輕喊了她一聲：「欸」。

她沒有回頭。我往前站到她右手邊，她還是不理我。我轉頭看她，陽光灑得她滿頭滿臉都是眼淚。

然後我們就在一起了，整整五年。

我搖搖晃晃提著兩只空酒瓶離開她家，走到巷子口，眼前整排樓房燒得都剩骨了。骨上有一大片彩色塗鴉，我停下來，像觸摸繾綣的傷口那樣觸摸它，它就劈哩啪啦地碎了。是我弄壞它的，我明明這麼愛惜它，我真懊惱。我走進破樓，自牆間滲透生出的樹枝毫無驚懼地觸及我的髮，路燈從紊亂的葉隙突地襲擊，伸向我眼簾，重複投影繾綣深情寫就、獨一無二的情話。我毫無招架之力，抱頭蹲在瓦礫中間號哭。

我哭了很久、很久。當我把頭抬起的時候，眼前景物全消逝，唯繾綣身軀如鬼魅，氤氳浮現。

她躺在病床上，穿著綠色的無菌袍，雙腳屈膝張得大開，下半身用簾子簡單遮著，阻擋她自己的視線。她看起來很孤單，而且一直還在流著血，血大滴大滴地落在地上的白鐵水桶裡，那響聲聽起來好疼。我往門外跑去大喊，有沒有人在啊，有沒有人可以過來看看她，她流了好多血，這樣不對。整條馬路空蕩蕩的，只有我的聲音在裡頭迷蹤迴盪。我回頭，走到繾綣身邊輕摸她的臉想安慰她，她側著頭，臉色刷白，像是整個虛脫了那樣，一點反應也沒有。

「莫繾綣！不要睡著！妳醒來！」

我使勁拍打她的臉，一使勁，就好像又聽見她身體裡的血不斷冒出滴落的聲音。我不知道自己現在可以做些什麼，手術枱上沒有任何我熟悉的東西，我想用手擋著替她止血，但我太害怕了，兩隻手不聽使喚一直發抖。這裡好冷，繾綣穿得這麼單薄一定更冷。

我沒有料想活與死如此接近。她瀕死在我心深處，還沒有離開，還有溫度，但我遍尋不著可將她挽留下來的正確途徑。我就站在這裡，深信只要解開某個通關密語，空氣的質量就會改變，春花將自地底破土開遍腳邊，溫柔的母親們會握住她的手助她順產。她可以支著身體普渡四方苦海芸芸眾生，我可以試做熱瑜伽酌情減輕服藥劑量，我不再需要愛她她不再需要最後鄙視我，我們可以一起等她的小孩放學，我們可以永不相見，所有選擇一切平等，竟可如此沉著。

我們永不相見。

我傾身把左臉貼著她的左臉，輕輕告別。再起之際，洞穴裡傳來如將熄之焰微弱的聲音：

「艾力？」

繾綣喊我，我便醒了。我張開雙手，輕輕把腳一蹬，離開醫院穿過高速公路火炎山永遠的海線故鄉沉睡山城，我的母親鬢邊灰髮微亂，我俯身拾走她枕上的眼淚。我的頭有萬斤重，身體卻微塵一般輕，舌尖蜜糖不化，趁夜食晝日至最盡無神無鬼管轄之際無主遊蕩。

我再不留戀一路歸回住所，習慣性地掏出鑰匙插入孔，門開十五度，就推不動了。我微微扭頭，斜著腰自縫逸入，擋住門的是原本擱在外頭的三層鞋櫃，頂住鞋櫃不給動的，是從客廳中央挪移來的雙人沙發，書本一頁一頁撕成漫地落葉，碎了一地玻璃和木板，電話電視音響沉默地歪扭使壞著，比人還高的書櫃傾倒下來如初滅絕的史前動物。

我越過荒地轉開臥室的門，一切平靜無異。順牆摸上開關，燈刺眼一亮，僅見兩條腿光光地從床上垂下來。

我拉開被單，沒有辦法，還是吐了。我還惦記著要拿被子蓋住頭掩好身體，發現我的人可能會很害怕，我怕他們看見我的臉便叫，要先布置起我的廢墟好讓他們有心理準備。走過草埔路頂書頁沾淚化作春泥護草青青，行經黑土路頂液晶螢幕錯接頻道天黑昏昏，勿驚，勿妄念勿想，大石板路闊茫茫，昨年昨日報紙貼緊窗門有餘紮一支船渡江。

五營兵將護我魂，燒錢買路往西行。我睡了好久，又醒來一下，想到我和繾綣已經三年不見，這麼多白天這麼多黑夜，過不完的白天與過不盡的黑夜，事已至此皆我所願，縱我又不成人形，枉死城內哀哭聲不絕。

與繾綣初相識的時候，她和幾個朋友時常晚飯後沒有地方可去，就越過廣緲的校園來按我家的門鈴。她們會帶滷味鹹酥雞和一些啤酒珍珠奶茶，我們看電視，或者聊天，漸漸困乏之人就都一一倒下。繾綣會說不要緊，我脾氣很硬，不會比她們先醉，而且我會留著替妳收酒杯。於是我們繼續看電視，或者聊天。有一回不是夜晚，是個天氣很好的午後，我們喝過很多種酒，一點點地抽菸，中間的人走了，又換，喝到夜都深了。忽然有一個時間，我發現，中間的人都不見了，好像一直只有繾綣，跟我。沒有中間的人。我隔著煙霧看她，覺得她真聰明，而且難得心地純潔，我希望她能夠被誰很棒地愛著。

今晚與他年的初春夜晚沒有什麼太大的差別，貓躍上矮牆，雨下過，視線就澄清一些。我坐回自己身邊，靜靜收拾此生偕同此身。這麼坐著，不再動了。炭盆內星火亮起一瞬，又歇。

我沒有停止直視它們。

直到眼前被完全的黑襲擊，耳蝸嗡嗡充盈宇宙初始的聲音，它們還在我永遠的黑裡

只陪著我，既視無間地明滅。

失戀傳奇

飛機離港的時候，我覺得自己好像失戀了一輩子。

每一天都在下雨，雨好合適粵語，我半聽半猜疑地在油麻地的街市買一袋柑橘，一小瓣一小瓣剝開來，一分鐘完食一粒，七八粒下肚就餓得頭暈。我一直感覺這酒店是斜的，只容得四人的故舊電梯攀樓腳步微顫且慢，圓形凸起的按鍵撳下，抬眼卻不見樓層顯示，這樣盲著抵達，與兩名舞蹈系學生打扮的女孩擦肩，北京話聽起來好響，一顆字一顆字跌在暗紅色毛地毯上。拉開厚厚的窗簾，十一樓的雨水與其他樓層並無二致，馬路那頭的大樓窗緊掩著灰，彌敦道上拖著箱子走的遊客避無可避，低頭緊緊前去，這粗糙拉皮的大廈隔間還嗅得出新漆底下牆上畫報膠水的陳味，我脫下外套，掛在空調前風乾。

大舅的筆記本帶在身上，連第一冊也讀不完，一方面是手寫字跡難辨，影印兩三回之後景況更慘烈，樂妹給我重謄過的只有七頁半，我把它們裁剪之後一張一張浮貼在影印裝訂成A4大小的筆記頁上作對照。樂妹眼睛不好，跟文具店的男孩說請幫我放大，男孩拿出各種裝頁的範本與封面紙張到她面前，英語說得快了，樂妹跟不上，回頭望我，我上前跟他說就活頁裝吧，最普通那種紙就好。「要綠色。」樂妹指了一個湖水綠的紙樣，男孩低頭把編號抄下，拿起日記轉身。

我不常見大舅，大概是我六、七歲的時候吧，他才到了芝城，身無長物，親戚介紹他到湖景區的一間大賣場做包裝員。小時候幾次在賣場見到他，他總咧開煙黃的大牙笑了摸著我的頭用鄉音喊我的名字哎呀哄頭哄頭，鴻圖，大鳥的意思。我感覺他是個樂觀的人，每天重複同樣的事：抽塑膠袋、給客人裝袋、雙手提起塑袋給客人，他沒有一絲厭煩的神色，每次動作都像第一次動作那樣精神奕奕。表妹時常勸他別做了，腳本來有舊傷，久站都不好，他背著耳日復一日晨起打卡，一裝袋二十年就過去。母親跟我說舅舅來紐約之前在廣西做醫生，我後來想起他工作的畫面，在生蔬魚蝦和南北乾貨中間抖擻，就像得了什麼天大賞賜那樣全心全意。

大舅過世半年後的某一天表妹打來，說整理舅舅的遺物在書櫃最上頭發現用速食麵紙箱封好的十多本回憶錄，通篇中文草書寫就，卻在每本筆記本封面都正經標上Memoirs of OUYANG YU。一個中文字也不識得，表妹央求舅媽說給她聽，她母親極不願意，「人死都死了，有什麼好記。」

「她不許我拿走，我趁隙偷偷去印了一份，你中文比我好，替我看看。」

「我有個台灣朋友，或許可以幫上忙。」我握住聽筒，幾乎是立刻想見樂妹。她低頭沉默細讀的時候睫毛會如蛾翅閃動，那模樣在尚未送達我手的回憶錄前栩栩現形，仿佛下一秒就要成真證實我此城有她。

我城有她似手捧細沙。我在紐約遇樂妹的時候她正坐在往布魯克林的地鐵上讀一本中文書，我從拉法葉街上車，站在她斜對角，看見書封底有一名披著白袍的東方女子垂目而行。我認得這個女人，我的母親讀她的書，我記得她嬉皮樣子的中分長髮，一時想不起她叫做什麼名字。等待父親的清晨母親坐在床前讀，母親憂鬱，時光過去日光響起，父親沒有打開門，我的中文耳朵與眼睛罩滿濃霧，如入夢境，母親放下書本流淚。深夜車廂裡我身後的西裝男人沉默著被酒淹沒，她身子歪歪地捧書，一頁一頁，側著頭像清澈的水滴要落，我的心情一下子很激動，忽然想把雙手伸過去接。

「請問，」我走到她面前，「妳在哪裡買三毛的書？」

週日的中環交易廣場不意就侵門踏入他方的公共廳堂。天橋上滿滿是席地而坐分享吃食的菲籍印籍無籍男女，有人唱歌，有人安靜編織，相剪髮上髮捲，堅硬劃傷都市的路橋底下女女臉貼著臉看平板電腦故鄉影集。我無有主張地跟著人上電扶梯又下，見到站牌底排了一列人，也隨著站過去。這次回港，是我第二次回港。母親說一歲的時候外祖父過世長途奔喪帶過我，當時本想此行不妥，但偌大美利堅無人可託。「你父親那時生怪病，一從床上要起身就無理暈眩，根本下不了床。」「我請了好幾個師傅來家裡看，都說新搬的家宅風水凶。家臨懸崖，愁人愁財。」「你還那麼細小，我也無心離你。」父親十分英俊的人，聳高的鼻樑和海深的酒量，據說是得自曾祖母的俄國血。我父親是個見縫就鑽營的商人，母親是我見過最浪漫的女人，他們的愛情總給我一種既膚淺又深不可測的感覺。有一回我在家翻出一捲錄音卡帶，放進收音機裡一壓play竟是母親吳儂軟語給父親三十分鐘那麼久，不像是有草稿，一段一段，先說了粵語再轉唸英語。我不知道母親為了什麼要說粵語情話給父親，我知道父親沒有可能藉此練習。母親聲音既低又婉轉，我聽了一次之後倒轉回頭，把卡帶收好進盒放回原處，沒有繼續聽另面。

搖晃著走上巴士上層的最前座，車一開駛便感覺自己坐在鼻尖，加速停頓都在勢難擋，我不了解巴士開往何處，只是外頭淒風苦雨，很想避進安全的物體，定速向前挪移。隔了走道的另一對座位是個帶了孩子的好看女人，孩子坐不住要鬧，她太極一樣換手移形讓他輕靠在扶手上，臣服於輕微危險的興奮感，男孩安靜下來。我開始讀大舅，他說六五年五月十六日是文化大革命的開始：

「六五年底，縣城來了第一批串連過來的學生，這些大專院校學生，還有的中學生，離開自己的所在學校發動活動，全國跑。打著革命大串聯的旗號，拿著學生證便可辦革命師生串連乘坐火車證，聽說有的省市比如杭州，憑學生證吃飯住宿也是再普通不過的事。當時火車非常不正點，四處串聯的學生有從車窗擠爬上車的，有躺在車座下的，車廂毀壞破損，人們氣趾高昂，有的是一心宣揚毛澤東思想，開鬥爭會劈頭便『階級鬥爭、一抓就靈』，有的藉機遊山玩水探訪親友。來到醫院的學生，幾個男孩子不由分說爬上門樓把人民醫院的『人民』二字徒手拆了下來，說你們的醫生是知識份子資產階級，你們的醫院專為地主老爺服務，一定要聲討打倒。到處找人針鋒相對，找護士、病人，圍攻院專，學生戴上了紅衛兵袖章，誰也不敢惹。隨著時間進展，人心彷徨，空氣緊張。」

難字許多，尤其難的是字懂詞不解，樂妹把無法辨識筆跡的字用鮮紅色標注起來，說等整個讀完進入文氣再回頭校對一次，到時還可以替我把難字做英文注解。她寫給我的信都會在中文字底下用細細的鉛筆劃線註記，她寫很多信給我，有時我想這些信真的是給我的嗎，我都不知道她有這麼多話對我說。

交筆記本給她的那日午後約在自由公園，她坐在河畔的長椅上翻開來讀眼睛神亮，你看你舅還在序頁寫了首五言絕句，她指著龍飛鳳舞的字：「回眸一剎那，刻刻黃金縷」。天氣大晴，我們身後的草地上三兩躺著人，大鳥成群飛過，一名抱著幼女的華人男子走上前，「請問可以替我們照相嗎？」，男子身穿飛行員夾克，說話帶著濃濃亞洲口音，身後兩老啞笑。樂妹接過相機，問他們哪裡來，知道都從台灣，所有人的臉像時令鮮花一刻鬆開。他們仿佛重逢故知快速交換身處的座標與未來星象，我沒有見過樂妹這麼放肆的笑容，我想聽清楚一些他們的談話，耳朵一緊更失準，樂妹就真的漂遠了。最末樂妹指揮一家人站在哈德遜河邊背著夷平的雙子星大樓，風大，三大一小都瞇著眼緊抿嘴唇，走時滿頭華髮的奶奶深握樂妹的手。

「我該走了，」樂妹搖搖手上的筆記，「這個，我們去印一份？」

我送她回丈夫與孩子的地鐵站，擁擠的通勤列車上她揪著我的衣角，車到站門張開，躉俗現世有一名小喇叭手吹奏靈魂，我放她走進他人的靈魂。後來我在自己的手機上安裝了中文輸入法，有那麼一瞬間我想更深入她的世界一些，開始與世上更多與她有關的事物感覺親切發生關係，但同時我深深厭惡她的坦白，那是兩手一攤好無所謂在對我說：這便是我，要不要你自己定奪。那是假開放與惡的自由，遲早使人發狂。

雙層巴士錯過跑馬地快樂谷海洋公園又過港，路經的新樓全都危顫顫地向上攀，車上的人漸稀，我最後在總站落車，四面荒蕪，路都臨海，雨沒有停。我向簷外踏了一步便收回，倚牆想等下一班回程巴士。大舅方寫到表姐出世，當夜他值急診班，沒來得及進得產房，聽說生了女孩，趕緊騎單車回家煮幾個滷水蛋進病房。他用很清淡的語氣說生活不至變化太大，但大革命的形勢是愈發不可收拾地險惡。

「十月底一天，我與外科醫生傅武在沙子坪與一些群眾打嘴巴仗，話傳回醫院說我們給圍攻了，文鶯向領導求助無果，日日流淚。傅武與我孩子都小，兩人在巡迴醫療所惶惶不安，也天天思索如何返家。有一日凌晨，天才亮，吃了點東西，我們就出發了，單車是跟當地人借的，前夜晚飯時我倆就沙盤推演，定出幾個原則策略：第一、輕便上路，不攜行李。第二、行大路為先。第三、兩人維持百米距離，有事前後方便照應。出門前我們都很沉默，幾十里路上一直趕，頭也沒回，好在一路不見人，只到縣城入口幾個紅衛兵執著鐵矛，來回行守站崗。進醫院，藥局的袁藥師見我，上前搭肩問候，見到醫院大家平安，心情這才輕鬆一些。」

「有一晚時間已過十一點鐘，家門忽然啪啪好大聲幾下，是醫院裡的會計古威喊著要我開門。我門一開，七八個男人突地撞入，兩個持長槍的大漢鎮在門口，氣勢嚇人。其中一個小個子的開口：交待你的問題！我說什麼問題？我這人沒什麼問題！旁邊眼睛細長的男人忽然大聲說：『搜！』，我還來不及應話，所有人扭頭就開始破壞書架、衣櫃、餐櫥，翻箱倒櫃，連衣袋夾縫也一一拆下檢查，所有書信也全都攤開來一封一封細看。這樣折騰了好幾個小時，他們讀到一封暖暖寄來的家書，劈頭這樣寫了：『哥哥，有一件大事，想與你商量，但仍有忐忑，還是等過一陣子確定下來，再同你說明。』。這下子不得了，一群人輪番訊問我大半夜，反覆問『這大事，究竟是何等大事？』」，我說：『信上已寫得雪白清楚，我也還不知是什麼事哇，如何報告給各位？』，他們仍是不死心一直要我坦白，供出實情，就這樣抄家問話到天都亮了，也沒有結果。臨走一幫子人土匪一樣搬走我成套的文學典籍，紅樓夢水滸傳儒林外史，和這幾年苦心收集的外國郵票，就算是交差了事。最氣憤的是美堂公送我父親的一幅字畫『秉公好義』，父親生前書信，也全部抄走，無法無天，實在教人驚心。」

我的母親暖暖，時值一九六六年，母親十九歲，在香港遇了大事，要跟舅舅商量。

後來事情處理得如何呢？我沒有從母親或舅媽口中獲得任何線索，絕大部分原因是感覺難以開口。我沒有見過舅媽流淚，連大舅的告別式上也沒有，她只是看起來披了張無邊疲憊的毯，給壓得駝身難起。告別式上人們說話沒有必要使用任何為生存而穿戴的語言，我站在外邊看，像聽一齣香港電影。這使我想起很小的時候，母親會從不知從哪個親戚那裡拿來一些成龍電影，把電視機開了，自己就做別事去。盜拷的片子聲音和字幕時常對不上，遲了幾句時間事小，有的搭上的根本是別片的英文字幕，我和弟弟眼耳殊途地坐著聽許多迷蹤的粵語打鬥一個下午。

離島橋下的巴士總站黑壓壓的，每條車都像穿越時空終於歸來。回程巴士再來之前我已讀完樂妹整理過的部分，她沒有再寄新的稿子過來，我不再撥電話給她，大舅與我再次斷軌。我想試著自己讀這第一冊的結語，掀開筆記背頁，看到樂妹極輕的筆跡，字很潦草，還有幾句幾乎要糊了。怕是幻覺，當著海風島雨我一個字一個字唸出聲來：

「鴻圖：

紐約和她往常一樣，捉摸不定地下起雨了。我剛從一個新朋友的studio回來，她擁有一架滿是刮痕、光澤動人的大提琴，她很會招待人，連像我這樣不容易和人親近的人，都默默放鬆了。

清楚地意識到自己已經不會在這個城市的任何轉角偶遇你，雨和雲穿過眼睛降落在我心裡。

樂妹

2010.5.16」

往台灣的離港航廈和機場主建築有段距離，迢迢趕往的路上什麼像樣的名牌免稅商店也沒有經過，我飛過長長的海洋到幾個已無親亦無愛的島，幾隻鬼一路伴我睏與醒，伴我彎過洗手間旁的走廊，放眼看見整場被流放的東方臉孔像等待了半世紀一樣飢餓不平。分開那天我直到最後才說出口，公司調我去愛爾蘭，下月就飛。她頓了一下，說我會把回憶錄給你整理好寄去的，我說沒要緊我知道妳忙。她穿了一件寶藍色的罩衫，搭配純銀的垂墜耳環，細長的頸子慵懶伸著，大概不會再見到面了我說，她拉了一下領口像把埋藏許久的伏筆都無疑收入，是啊她說。再見你時再見了。短橋前我們如毫無芥蒂的朋友趨前擁抱，揮手再別，沒有互送。我心想一切都比想像中簡單太多，我們沒有什麼理由哭斷心腸，然後雪下來了，我伸出手接起來看，忽然想跑，就跑了起來。我無視燈號，過整條五十三街，越跑離地越高，雪溼短髮之際，樂妹的聲音遠遠追過來：「哄頭，哄頭 don't run。」我停下來，回頭。她不知在後跟了多久，臉給路燈打得殘殘的，她喊我名字的聲音像很細很細的螞蟻一路爬進我的眼睛，嘴唇緊跟在後將光線封起。我們不再說話沉醉在黑暗的愛情裡。

完美情侶

劉星進來前我做了一個夢。我夢見她拿著細針在我的左手虎口縫上一道大約五公分的紅線，是毛邊縫。拉針至末她摸了摸微微凸出如浮雕的縫線，忽然拉起其中一段線頭就要扯開，我伸手用力壓制她的手腕，她大叫。我應聲醒來，左手傷傷地躺在身側，抬不起。我用右手扶起左手掌，清白無痕，只有尖銳的痛感穿越時空而來，劉星低沉的菸嗓順勢在門外響起，我起身開門。

「嗨房間，初次見面。」她微微點頭，作勢與我身後的家具打招呼，想打散久別重逢的微妙氣息。我接過她手上的薄外套，放她進來。

她扶著牆壁看進格局十分迷你的廚房，然後背著手走向臥室。「剛剛走進來的時候看見上二樓的木頭旋梯，覺得這間房子的格局好神祕。」

「要在洛城找到真正親密的小社區很困難，找了好久。」我把桌上的菸灰缸倒盡後放回原處，「五〇年代這裡本來是老旅館，只有十三個房間，我一直想要有露台那間，但據說房客長居，沒有要搬遷的意思。」

「真好看的小皮箱，裡面是攝影機嗎？」她指指我身後的地板。

「不是。」我伸腳把皮箱踢進衣帽間角落，然後從架上拉下西裝外套。「妳要不要先梳洗一下，晚宴前我們還可以去別處走走。」

●

彎過穆荷蘭道，宴會主人的宅第在半山，臨盆在即的女主人張開完美的笑容上前擁抱。據說曾是希區考克製片住所的舊宅被紅男綠女圍繞，我帶她與幾位朋友認識，話說得多了，她顯得困乏，自己避往其他房間，與主人的大狗和孩子一道。我社交了一輪，找回她，領她穿過衣香鬢影推開暗門，狹窄的隧道直通泳池對面的小屋。

我們坐在泳池邊說話，一年不見，她說話一樣簡直，又充滿幻想，並且在兩者的矛盾之間不多做解釋。遠遠傳來爵士樂隊的現場演奏，是Blue In Green，薩克斯風手在獨奏的四十秒裡頭木訥地表白，我一直聽見鼓刷沙沙溫柔接住它，劉星的話隨琴鍵如隙敲打。

「還沒找到房子之前，他們讓我在這裡住了兩個月。」我說。

「我無法想像你獨自在這小屋裡的樣子。當我想著你走出落地門到池邊抽菸，背後的床上都有一個退潮的女人。」

我想她有些醉了。她有一種酒後的優雅，那是意識到自己擁有可能無法自持的危險才得以散發出來的一種、戒慎性感的優雅。我輕輕觸摸她的手指、拉起她，跟她說我們回家吧。

我們回到山下，還不過午夜已倦，她揮揮手說得先躺一下，合衣便側躺上床。我靠近她，從身後擁抱她。她沒有拒絕，溫暖的手心握住我的手臂，氣息逐漸規律深重。

再過一陣子，她會因為口渴醒來。我下床為她取水，她喝了一口，抬起頭來看著我，把玻璃杯還給我，開始解下絲質洋裝背後的拉鍊，月光灑在她白潤裸露的肩膀上，我想起波提切利的維納斯，我想把她摺進古老的貝殼裡，我想要她為我忍耐、為我受傷。她半披著床單斜斜躺下，我會起身打開衣帽間裡的老皮箱，拿出手銬與玩具，問她，可不可以。她會把雙手伸給我。

而她今還浮沉未醒。我小心替她把耳環取下，她的耳骨奇突，據說叛逆浪漫。

再過九十分鐘我們的故事才要開始，妳仍對我滿懷憧憬，劉星。明天送妳上飛機之後我坐在機場大廳自己吃完一片手工披薩，游魂一樣開車回到深處市內的有機農場，取走這禮拜的整箱蔬菜，回到房間，坐在床沿發呆，兩週後訂了一張通往妳的機票。我的劉星妳正沉睡，妳不知道我們將如何結束。

有的時候我會回來這裡等妳。我拭開所有灰塵，備齊日用，等妳在門外喊我，我還為妳開門。想起妳自由的愛我仍深深厭惡，我祝妳不幸福。唯在這裡，此情此景，我感覺與妳是完美情侶。

琴浪記

國小五年級之後劉星一直是田徑隊的後補生。後補生什麼競賽項目也輪不到，就連最普羅的大隊接力也只能坐在後補區，痴痴地等待是否有隊員扭傷腳踝或狀況失常，便可替換上場。但這事在她短短的田徑生涯中從未發生，她和另一名候補隊員在學校總是一齊熱身、一齊測驗一百公尺項目、一齊練習接棒、和整個田徑隊一齊上了遊覽車又下車，但最末在中正技擊館開幕繞場時總只靜靜夾在隊伍之間，一顆心懸著：是否有機會上場，是否這次又只是一場空？劉星的母親不懂她，僅僅重複叨念：「浪費時間去弄那個做什麼？好好念書就好了啊。」她還難以盡述奔跑在白線之間想像碼錶上數字短少零點一秒的意義何在，難以向母親描述人人稱羨的「優等生」為何「甘於」到田徑場邊坐冷板凳。

那位國小田徑教練後來與劉星的鋼琴老師結婚了，這在她腦內簡直如彗星撞地球一般劇烈地衝擊，但仍佯裝平靜且不請自去了他們那在學校紅土操場上擺桌的露天酒席。

美麗穿戴著全妝及她從未見過溫柔笑容的鋼琴老師一見劉星、彎下身給了她一個大大的擁抱。劉星所擁有一切關於鋼琴的彈奏技巧，可以說都是那位鋼琴老師所為其奠定下來的。老師沒有什麼神祕的教學技巧，只是十分堅持劉星必須把最枯燥的卡農教本由頭至尾彈到熟練，加以變奏、再彈到熟練，才能進階到其他擁有各自主題旋律的樂譜。劉星現在幾乎完全無法記憶她的五官，只能記憶起當自己練習出錯之時，老師會拿起手中的筆，第一時間往錯手的關節處敲去，那疼還能忍，尤其是相較起田徑，劉星感覺自己更能夠輕易抵達眾多音樂中他人無法感觸的刺激與美感，她咬著牙多是想著被同學讚美的虛榮感，每日放學回家練習完之後再把那一疊重重的教本擱回鋼琴的右腳邊，接著便任意將聽過的流行曲子一面唱著一面彈奏出來。沒有人告訴她，但她可以將聽過的聲音分毫不差地彈奏出來，它們舒張開十指奔跑，她所害怕的一切事物：說謊、憤怒、貪婪、無法分辨的時間感、方向感，都將迎刃而解，因為她知道自己比他人所擁有的那些不同，只有她自己聽得見。

當時學琴除了樂譜，老師對於音樂家、樂曲本身，甚至作曲家的生平與其經歷的時代並未多加著墨，劉星斷斷續續學著，第一位老師因故無法續教之後，善感的她請第二位老師自德布西教起，還回頭聽了布拉姆斯，然後忽然就懂了比爾·艾文斯聽懂奇斯·傑瑞特，忽然間感到害怕，想到他們在煙霧氤氳的小酒館一時十指與琴相連出神漫遊時是否也感到了同樣的害怕？感覺到世上無有古典爵士之分，感到自己與其他密語相連，而你已被烙印，必須將這些密語傳承下去。

感應至此的害怕，與她當時仍未俱足的失敗能量，使一個人一生的主題與忿怒揭曉。從一開始被剝奪遊樂時間的不解、直至換過一雙眼從現實世界遁逃至只屬於自己的時光，劉星開始一點一點積存自己的幻想與夢。她一直夢想住在一棟客廳擁有二手平台鋼琴的房子，她會每日自琴頂拭過琴身、而後細細整理琴蓋、打開它，換上細布輕輕擦拭不使染塵，但不會為它罩上新娘白色蕾絲紗蓋或黑絨披風，時間寫過它了無聲使它再難烏亮如鏡，她想和它一起唱些舊歌，比如〈天天想你〉、〈Pale Blue Eyes〉，她想自己大概唱不出那種一天大概抽了十包菸才唱得出來的老藍調，但可以做一些簡單的氤氳爵士，而且歌詞要很好看，比如我將春天付給了你將冬天留給我自己、你若是愛我請你說出口若太遲我就會走你就看不到我，或者火車漸漸在起行，再會我的故鄉和親戚。

那時在每種場合只要揚起手，第一個和弦下去，聲音從胸口上來，場子很快就會冷靜下來。劉星想，那奇觀式的、一瞬間的情感迸發，是烙印的密語要告訴她的事嗎？是它要我告訴他人的事嗎？她沉醉於他人的驚奇與讚美，既唱、還能自己以琴伴奏。你問她快樂嗎？那快樂或許就和寫字那樣，不過當時更多的快樂來自於被人喜愛、成為眾人目光焦點，諸如此類的，如同寫字，揀字、調整情緒呼吸起落，有的字讀多遍了，會感覺是一種騙術，騙術多麼藝術。或許是因為自己害怕直面眾人，多麼矛盾，劉星想：我其實渴望成為一位表演者，我希望可以在人們面前自由地以屬於自己的器物將胸口的怨怒與感動完全吐納出來。她於是好怕，翻開德布西，腦中再清楚不過它的指法與吐納與旋律，但手指彈不出來，怎麼就是彈不出來，劉星翻開自己的掌心、對著指尖發呆，那是自幼起便必須重重落下琴鍵而不見輪迴終界的起點，她僅僅記得它曾經開始，不確定它中介處何在，該如何結束。

婚後劉星便幾乎不彈琴了，她還說得出話，卻沒有辦法跟上手指唱歌。琴上坐著自柏林跳蚤市場收來的金色小相機，裡頭還有一捲已拍完的底片，她小心翼翼拆下，至今尚未鼓足心意拿去沖洗。還有些四處搜刮而來的珍奇小玩意，每回小兒要爬上琴蓋翻找來玩便會被神經質的媽媽大聲喝止，末了只有讓男人抱著委屈的小兒好好解釋：「鋼琴是媽媽從小的好朋友喔。」「你不能這樣爬上爬下刮來刮去的啊，這樣它會痛喔。」愈這麼說，劉星內心愈愧疚：有多久沒有好好練琴了呢？愈久沒碰它琴蓋就愈重，她試著專注，不再彈琴了，她想它和自己真正一起發出聲音，幾次幾乎要成樂句了，接著聽見自己聲音裡過去從未有過的蒼涼便無法再續，她想自己承受不了一次把胸口所有囚鳥釋放出來的恐怖感，一面眼見某些飛鳥自由奔去嘔啞鳴叫一面手持大水管沖淨地面的血痕，所有因壓抑過久或各種原因而不再適應現實生活、失去本能或者彼此殺戮的血痕。

她想起自己仍紮實是個流浪者的日子，只擁有一個房間，在大學美術系做人體模特兒，每週只需工作數小時，便可糊口，大量空白想像過去與未來的時間，是這份工作最奢侈的酬勞。「妳的時薪比我還高欸。」一回授課的雕塑家教授瞇著眼開劉星玩笑，這是真的。其實她想他、十分想他，初識他時他說開車時耳邊老有聲音要他方向盤一轉衝下山崖，劉星也不大懂，只是就挺喜歡聽他說話，有回真站在他作品面前就流下淚了：真好我先見了他的人和他喝了酒，沒被誰的瞎話纏過。

彼時從未想過負責與安頓的事，或者隨之而來的轉折。

一切都來得很突然，劉星先是聽見幾次無傷大雅的不存在之聲、見了一些不該仍在的人，世間本來與人神鬼共存，悲歡不各自交擾即好，因此她並不以為意，只是一日不尋常頭疼，為交稿情急吞了兩顆止疼藥仍不見效，猛然成了另一個人，如何也壓制不住、進了急診室，值班醫師後來說從沒看過這樣處理困難，打了兩管藥劑才使她鎮定下來，後來再前去問診的中醫師也說他所知的類似病例一年台灣大約十多例，他手上另一例是極為奮力才拉回人間：「妳真的是夠幸運。」「等她好起來再介紹你們認識認識。」他笑著說。

諸如此類種種、不是那麼積極地試著疊上自己過去與現在的幻燈片，歷經千驚萬險回來後寫稿的床邊有一大男人一小男人正披頭散髮不大輕聲地打著呼，劉星那不能說過於廉價也不能說過於炫富的耳機任他們漂游在經過她的那些美麗到正垂墜發亮與瀕死星辰間的音樂，鋼琴幾乎融入夜色，有行星圍繞著她轉，前奏以有力的琴聲落下，那混音讓整間屋子真像間水族箱的楊乃文貝阿提絲，使她幾乎要跪下來感謝宇宙容她重活一次、以及她仍記得。

隔日是個輕輕的雨日，劉星翻開巴哈樂譜，才到了第三樂句，右手指頭怎麼也轉不過，單手練習好幾次，這樣短的一首曲子，卻怎樣也彈不完，她嘆了口氣、闔起樂譜，男人說不如去從前常去的左營眷村館子瞧瞧。她對館子已失去印象，只是就跟著走，總不能成天待在家裡的。坐在新車右座，問男人自己是不是第五百〇三次問他自己究竟怎麼了，他面無表情地說大概第五百〇四次吧。她機械式地把手伸過去替他拉安全帶，一齊上路，呼吸著似曾相識的空氣，開在似曾相識的路上，聽了一下新聞、再聽一下音樂，世界沒有什麼太大的改變，再回頭，因為長高已無法再坐安全座椅而換為增高墊的小兒，整個人睡歪、柔軟的上半身，已快從「C」彎成「O」。自醫院回到家數月，除了睡前故事，他還不大能適應有母親在家的日子，因此家人男人常將他帶走、遊玩吃食，劉星訝異僅僅是六個多月的窄溝在人生的洪流中他已懂得那樣多：「這個含羞草等一下還會再打開。」、「爸爸你下次不要再那麼晚回來，不要超過十二點，知道嗎？」

這明明一瞬如過往跡象真若米粒皆已撿拾不起，但回得來的身軀若流沙記憶重影揭示我們皆非萬物全能。男人說她時時夢話，但她僅記得幾次，眼前緩緩現出幾條蜷曲道路若樹藤，有的路上立著令人想開啟一窺究竟的門；有的路徑傳唱起不知哪來但萬分熟悉的歌；有路上行人三兩，他們抬起頭，劉星後退好幾步：不可能是真的，你們不可能知道我從未告訴任何人你們是我喉頭的鯁。於是她拾起地上的刀片衝向其中一條路，用力割上自己的手腕，我沒有疼，黑色的血溪水般流下來，又時間倒流一般還我父母髮膚，僅存深深淡淡的疤有時像國畫噴出的瞬血又像煙火。這樣錯了好幾條路，終於爬上她最害怕的、八足蜘蛛守著四周的一條荒野小道。媽媽我好疼，我好冷，守衛住「我」的那隻蜘蛛爬過來，牠爬過來、爬過來，要抓住她、抓住她，劉星尖叫，全身發抖，牠抱住她，劉星這才發現自己已經不害怕牠了，牠緊緊抱住她，好久。牠織的那張美麗的雪白的網愈織愈厚、愈織愈厚，把劉星一滴滴淚樣紅色的鮮血綁住，她想喊，喊不出聲，就整個被它包覆，一圈一圈包覆。

終於她睡著。

昨晚劉星聽了魯賓斯坦彈蕭邦第一號鋼琴協奏曲第二樂章，從深夜聽到幾乎凌晨，重複再重複，每聽到同一個段落都鼻酸無能自已，有時像個傻子在等外賣時哼唱周杰倫的方式記好各樂器配置，有時試著在等公車的時候把想得起來的譜練熟一些。那美含藏她死過的往生，「記憶」本身，渺小的身體與脆弱與龐大的情感與一切，它們昨天在耳畔低低叫著某個名字：還有誰想和我說什麼呢？誰仍在漫游誰已落地，還有誰想和我說些什麼呢?我們無間的浪人之歌,未歇停、仍未歇停。然後車經過了左營大路,好幾次以為因為太任性而感覺怎麼經營得下去的北方大漢小館子竟也開了,黑板上斗大只寫著「清燉羊肉麵」,劉星嚥下一口茶,切開又和好的氣管仍微疼,它不時脆弱不時堅韌不時眼紅兇狠不時柔情似水。

尋好位子坐下,腦中剛彈完第二樂章如詩的那初始樂句,劉星沉默無語,感覺自己無端而來的假日仍長。不知年歲近百的鋼琴家自宅是否也有一池水一座琴,這樣想著她的眼淚一下子自最遠古的地底湧出,只得安安靜靜低頭吃完自己的心。

紐約
故事

真正醒來已經是接近中午的時候，順手拿《媚行者》看了一陣，又瞇起眼，也沒有真的睡著。我不擅長在別人家過夜，張開過的身體使我感覺相當脆弱，任何風吹草動都有可能屈辱我，只得以假寐覆蓋過剩的自尊，等時間過去。

我連耳朵也闔上，拿髮稍、肩頸、腰臀一路滑下腳尖的毛細孔立起一座平原的天線：啊她正朝我的方向走回來。她走出地鐵站，走過了昨夜狼藉的下東區，停在樓下低調沒有招牌的名人夜店，踢開所有疲憊的舞曲，拉開鐵門，她那雙振振有詞的皮鞋一路喧嘩、站定，鑰匙轉開門鎖，然後輕輕經過沙發褪下書包，走近床來。

「嘿我到過這個地方。」我從被子裡伸出光光的手臂瘖啞地出聲，指著小說裡寫到的愛爾蘭地名。「我在那裡摔壞一臺相機，在電話亭裡躲了半小時的雨。」

劉星脫下齊整貼身的西裝外套，躺回我身邊：「好睏」。我把手伸長摸了她的臉，乾淨得像還沒有成旋律的單音，一接住就實實地落在手掌上。「妳睡一下啊，都沒睡到什麼。」

「我以為妳會不見。」劉星抿著嘴。

「像上次一樣逃走嗎？」

「是啊。妳走過來親我之後就沒有動靜，我不知道自己是不是在做夢，過好一陣子我才迷迷糊糊意識到：啊她走了。她怎麼就走了呢？我不懂。」

「我不知道該怎麼辦啊，我從沙發上坐起來還喊了妳一下，妳都沒應，我想大概妳真的睡著了，今晚是沒搞頭了。一下子不懂自己大半夜留在這裡做什麼，也不想真的什麼也沒有表達，就穿好鞋子繞去床邊親了妳的額頭一下，走出門叫計程車回家。」

「怎麼這麼瀟灑？還拎著皮箱。」

「對啊皮箱，剛買的啊，可以繼續上路了。」

藍白小皮箱，二十吋，把手太堅硬，拉鍊有些鬆脫，絕不是什麼實用的旅行配備，那天在週日的布魯克林二手市集把它拿起來左右提了好久，又晃去眼鏡和老緞帶攤位冷靜了半小時，回頭殺價把它帶走。它看起來像一句正直的格言，可以融入任何一輛十年以上的中古車，或者軟化一座空泛沒有重點的城市。

「妳還要去哪裡？妳才剛來我這裡。」

「還沒想到。」我說謊。我的電腦裡有一張美洲地圖，兩張單程機票，幾個約好會見的人。

「我也沒想過會到妳這裡。」這是實話。

我翻身整個環抱住劉星，劉星從身體中心發出一聲軟軟的低哼，一下子把我的耳朵纏住。這隻小動物，不知道從哪知道可以來投靠，整顆心直白得跟什麼一樣，正午的光線篩過紅紗窗簾打在她的聲音上，我被那些清澈的聲音弄得眼睛花花的，又不想揮掉。

「欸妳再多講一點什麼嘛，我想聽。」

「我第一次自慰是國中一年級，覺得天底下怎麼會有這麼好的事。然後這麼好的事又好難表達，只能用做的。」劉星翻了半個身，眼睛看著天花板，「會上癮耶，第一次高潮之後就好貪心，大概往後幾個禮拜，想到就躲起來自慰。」

「小學的時候，有一次在社區圖書館看到一本性教育的圖畫書，我記得有張圖片是女孩問：高潮是什麼感覺？翻過來那整頁就畫了一個人從山上滑雪下來，還畫了一個老師笑容可掬地說：『高潮的感覺很難描述，但是如果真的要試著表達的話，大概就像從很高的山頂一下子滑下來的感覺吧。』哇我印象好深刻，一直記到現在。」我把右手伸得高高的，再俯衝下來：「其實還挺生動的。」

「老師忘了說爬山多辛苦吧。」

「真的耶。不過真的很奇怪，我們怎麼會知道要忍耐？」

「應該是我們走運。」

劉星一面講一面把手伸進很緊的褲子口袋，「欸，我要拿這個跟妳換今天。」下半身像離開水缸的金魚扭動扭動、掏出一張小小的紙條。我接過來、掀開對折的紙條，上面只有三行斜斜的英文字：

Ain't no sexy at all New york City, in rain.（下雨的紐約真是毫不性感）

oh my wife,（喔我的妻子）

I wanna leave you so bad.（我多麼渴望離開妳）

我看著那很乖的藍色原子筆筆跡，再讀過一次：「成交。帶我去吃飯吧。」「妳真好養，三行字就讓妳活下來。」她把頭埋進我脖子和肋骨中間凹進去的湖，好像也不擔心溺水。

●

劉星和我五天前第一次碰面，我們約在中國城裙腳、一間從網站上看起來有點雅痞的越南餐館。細細查好地圖，從曼哈頓橋的另一端開始走，橋上風又大又冽，走到一半的時候就懊悔萬分，瞻前顧後無路可退，只好戴緊外套上的連帽咬著牙繼續逆風走。曼哈頓橋自己不是很美，而且非常吵，電車和汽車都與我平行渡河，行人並不多，單車一直超越她。我討厭大風，那使人感覺老，我走過幾個捧著相機的人，他們著迷於電影裡曼哈頓島邊緣接近夜晚亮起的燈與車河，拍了很多畫片上的紐約。那些紐約和他們都是同一國的，我又冷又滿腹格格不入的絕望，以為這條橋根本沒盡頭。好不容易靠近中國城，理直氣壯的違建和披掛在陽台上的凌亂衣物，終於使我鬆懈下來。

我到得早了，頂著窗往餐館裡頭看，餐館有些冷清，燈光調得很暗，有兩桌對坐的客人正吃著乾的或湯的河粉，沒有像劉星的人。我在門口的長椅上坐下，把背包放在左邊假裝是朋友，捲一支細細的菸分她抽。這條街傍晚六點左右都還只是清晨，路過的女子與在對面踱步也抽菸的男子手腳都淡淡的像剛睡醒，帶著新鮮的呼吸等著晚一些拿來腐敗。我拿出耳機戴上，裡面沒有任何音樂，我只是需要距離。

「嘿！」劉星就這樣像頭剛長好的小鹿，窄著肩膀踮著腳跳到我面前。「我是劉星。妳是樂妹嗎？」

「我是。」說完我忽然緊張起來，我知道她年輕，但不知道她真的年輕。她在我的背包旁邊坐下來，右腳勾上左腳，雙手放好在腿上，等我抽完菸。我抽到了尾巴，嘆最末一口氣，彎腰在地上捻熄菸頭。

「我第一次看到妳就心想：Damn she's hot.」劉星後來跟我說。在這之前她正讚歎我不偏不倚出現在她女朋友到外地出差的一個禮拜裡。「妳知道這種網友見面的，沒法抱太大期待。」

「聽起來很有經驗。」

「剛來美國的時候實在太寂寞了啊，才十六歲耶，只能一直上網、見網友、上網、見網友。」

音樂剛放到鄭秀文和LMF的〈愛是〉，我跟著哼不大懂的粵語歌詞。我究竟放過多少次這個mix tape呢？有時候我會刪去一些歌、加進一些新的，但大部份的歌都是一開始就在的。比如這首，比如Puff Daddy的〈I'll be Missing You〉、張國榮的〈追〉、徐懷鈺的〈等不及〉、張惠春〈愛上愛你的祕密〉，沒有精神的時候我就會開始放這些歌，坐在雙層巴士上的時候會聽、慢跑的時候會聽、做飯的時候會聽，和女孩第一次約會前會聽。

「給妳聽這些妳會不會覺得我很膚淺？」說老實話我有點害羞，這還是我第一次把這個mix tape分給別人聽，感覺像是在情人面前張大了嘴讓她看超過五顆的蛀牙。

「我喜歡芭樂歌，那讓我覺得有人在身邊。」

和我在一起劉星總是吃得很少，那使我想起我自己，一開始談戀愛就瘦得跟鬼一樣。我一面跳針說著重複的事一面逼她多吃一顆餃子，她那麼小對愛又那樣飢餓，我不把她一把拽過來餵養是不行的。MoMA大廳裡架設的麥克風不時傳出尖叫的聲音，人的想像力總被欲望侷限。我問劉星為什麼沒有人走過去開始讀一封情書呢？她說那大概要表演欲很強的人吧，我沒有跟她說其實我正想走過去把她剛剛在書架間塞給我的紙條唸一次給所有人聽，我正想讓這裡的人都和我們對彼此的渴望不期而遇，我正是如此帶著侵略性與表演欲。但我沒有，我只是翻開衣領在劉星頸後留下一個吻，站到遠處為她拍了兩張照片。

劉星沒有多說話地牽住我的手。只有在她忽然像個嬰孩完全坦白依賴的時候，我會真正意識到她十分孤單。「我十七歲的時候真的好不懂，那時候在網路上交了一個台灣女朋友，覺得她真有才華，又會拍照又會畫畫，還會手寫情書然後掃描起來寄給我。」MoMA每層樓都流滿了觀光客，我們穿梭在五〇年代美國設計傢俱展中間，她說起這些話十分自然，彷彿不需要顧忌些什麼。「我們只真正相處過一個夏天，我飛到台北找她，沒有告訴我家人，一個禮拜後才回台中家裡。她是我國中初戀之後交的第一個女朋友，我跟她說妳等我，我每個寒暑假都會回來找妳，她說好，妳要快一點，台北變得好快。」

「我不是那麼了解她的意思。回到西雅圖沒有幾個禮拜，我就再也找不到她，電子郵件沒有回音，越洋電話無法接通，我這才發現我完全不認識她的朋友，一個也不認得，我不知道該到哪裡找她。」

我知道這個故事接下來的發展，那是當年圈內默默流傳的大事件，我只是沒想到劉星也身在其中。這個女孩叫做小貓，她最後被發現的地點是桃園的一間汽車旅館，胸口插了一把水果刀，死因是他殺。殺了她的女孩沒有逃跑，打電話報警，對警察說：「是她要求我殺了她。」

警察調查之後發現，小貓與女孩都是同一個祕密社團的成員，她們在奇摩交友和BBS站交往了好些沉迷於完全自殺手冊的同好，在網路上分享各種關於死亡的資訊與翻譯文章、同時流傳各種捏造或真實的瀕死經驗，「她喜歡和網友見面，常常見面的一句話就是『妳可以殺死我嗎？』，很多人都知道這件事，大多數網友以為她在開玩笑，但我愛她，我相信這是她的願望，我想幫助她。」被留下來的女孩這樣說。她後來在一間私人療養院住了幾個月，從此消失在渺渺人海中。

我沒有告訴劉星這段故事，也沒有對劉星說協助小貓自殺的女孩也只是她的情人之一。事實上這些細節從未出現在任何媒體上，這事件被當成典型的女同志情殺事件處理，在社會版上乍現幾天又消失無蹤。由於小貓的父母都是大學教授，動用了一些人脈把事情壓下來，僅存BBS站心情版上一些共通朋友的匿名喟嘆。我在幾年前因緣際會聽到一段小貓密友的訪談，那位後來遠走上海的密友是小貓的青梅竹馬，她說在事情發生之前自己用盡各種方法防堵小貓瘋狂的行為，卻在接觸愈多小貓的祕密社員時愈感覺迷惑，變得不能確定自己的想法與做法是否正當，直到現在，即使在接受訪談時，她仍無法明白當時到底發生了什麼事、她應當如何行動。

劉星後來終於鼓起勇氣打電話到小貓家，小貓的母親告訴她小貓自殺了，我彷彿有些能夠了解母親說謊的原因，解釋自殺總比解釋女同志情殺、或者一切逼近事實的陳述來得輕鬆。劉星聽完電話之後沒有多問，她不確定該向小貓的母親告白些什麼，說她與小貓多麼親近，或者她們多麼陌生。她掛上電話之後失能了一陣子，輟學半年之後復學，決定申請大學的心理科系，「我一直都喜歡比我大很多的女生，尤其是強勢的女生。我想我現在應該已經可以用各種精神分析理論剖析我自己。」她自嘲地說。

我們上了地鐵，她的女友在外地開會今晚即將回到她們的家，僅存的幾個小時，我們選擇了搭上M線從曼哈頓擁抱到皇后區。我下車，被獨自留下的她的身影很細很細，讓湧上的人群瞬間淹沒。我深深嘆了一口氣，身邊的人也在為我們設想故事嗎？我們的銀河列車怎麼沒能把我們一塊送回家？

我想到前晚正第三十次試著刪除寫下的關於劉星的字，她就打電話來了。我坐在大樓接待處的墨綠色單人沙發上裹著毯子，她的聲音像是一度中斷又現蹤的河流蜿蜒進我的耳朵。一旦開始和她說話我的中文也就好像自然帶起了淡淡的怪腔調，我真想配合她，她說話時句子和句子之間會有一些不屬於任何語言的句讀和停頓語氣詞，我無法控制不想伸手去撫摸它們，再把手伸長一點觸及她的眼睛，在上面留下一個吻，繼續在她甦醒而我慵懶的早晨胡亂提議我們該共同完成的言情小說、我們安靜的公寓、和分手的十個理由。

但我還沒有對她說我生命裡死亡的人，或者那些唯有死亡才使人獲得的無限溫柔。像哈利波特與露娜共享的騎士墜鬼馬，「你也看得見嗎？只有親眼見過死亡的人才看得見。」，再過幾天我就要離開，那之後我得先去解決一些事情，或許會回來，或許不會。在通往任何方向的岔口我再次拿出紙筆寫下真摯無比的謊話：

「妳會來找我、我會記得妳，我沒有料想過這些看來如此陳腐的情節現在都使我的胸膛鼓動著深深擁抱妳的願望。」

北京同黨

從正午乘快車六個小時到北京南站天黑沒下來已經一兩個小時，月台上全是霧，好幾雙手迫不及待點起了菸，相異語言的嘴吐出統一白色的烟、渙散在列車頭燈前成為橘色的夢吃掉旅人離去的頭。空氣薄且寒，我披上紫色內裡細細破開的褐色羊毛斗篷，她無聲在老家衣櫥裡頭睡了二十年、被我帶回時間裡，現正趕上時代快速衰老，我想披著她使她老得輕鬆一些。中國的車站使人感覺自己無法更接近遷徙了，像季節潮流裡的魚，閉上眼無理推擠，我把行李抬上安檢輸送帶，任它吞進又吐出，然後正式進入了京城。穿過群魚仰頭看，李莫冰島藍的眼睛掃過簇新的地鐵燈誌轉向我，我舉起手。

李莫從莫斯科來，我們卻是在倫敦遇見的。歐陽帶我到一個舞會，李莫在裡頭當ＤＪ。那大概是我近年到過最直的舞會，剛畢業的大學男孩拎著海尼根向穿著露背小禮服的女孩搭訕，撲面而來的荷爾蒙使我發笑，他們哪裡比得上歐陽，她是我的女人與男人，被她捏碎是我的願望。歐陽介紹把大耳機掛在脖子上休息的李莫給我，我們糗糗地互相點了個頭。我沒法不想起前晚歐陽說給我聽的故事，說某天她們喝得很醉被一個英國女生帶回家睡，她說和李莫兄弟一場沒什麼大礙，但那英國女生反應熱烈讓她緊張，「她，太過頭了（She's just...too much.）。」她皺皺鼻子。

「妳覺得李莫怎麼樣？」走出舞會歐陽忽然問我。

「滿可愛的。」我說。這是實話，我喜歡鬈髮而且比我高的人。

歐陽沉默了一段路忽然很快並且小聲地說：「我很怕妳會跟她睡。」

這大概是歐陽對我說過最接近情話的一句話。我們走進被酒精浸透的黑夜，照例歐陽把外套脫下來披在怕冷的我身上。我用盡各式拙劣的伎倆想讓歐陽帶我回家，但歐陽怕我。她只是吻了我，然後把我推上充滿腐敗與廉價香水氣味的夜間公車，最末我們誰也沒對誰臣服，各自離散在漂浮著心碎板塊的海洋上。

李莫和我接近起來，是她來到中國之後的事。她在網路上找回我，說她到北京拍片，半年後決定定居下來，我想過介紹朋友讓她認識，但我的口袋裡沒有和她一樣酷的朋友。我們偶爾通信，在她面臨異文化戀情困境時與她說過一兩次網路諮商電話，我想我與她的亞洲定居或多或少都埋有一點逃亡的意圖，並且某種程度說來各自身在真正認識對方的死角裡，這使我們對彼此感到安心。李莫是我給她取的中文名字，其實她本人值得更野的名字，但我喜歡李莫兩個字唸起來的聲音，那讓我看見冬天與漫長的西伯利亞鐵路。

北京的地鐵與世界各地沒有顯著的不同，只是人們少了更多望向虛空一無所獲的權力，窗外的廣告齊整流過眼睛，列車速度越快它們便越清晰。李莫挨著我說她不吃素了，在中國要吃素實在難。「連Blixa Bargeld吃了三十年的素也得向北京投降。」她聳聳肩膀。我們轉了兩次車之後走出東郊的地鐵站，她帶我鑽過被兩台公交車橫躺癱瘓的交通，所有汽車挺著胸膛不肯退讓，喇叭此起彼落，司機甩門下車撂下一串髒話，我們藉此從容自鐵皮縫隙之間游過。據說是空氣汙染加上季節變換而生的漫天大霧讓大樓一棟一棟看起來全像紙紮的，男女老幼在大樓腳下馬路上吐痰、睡覺、打牌、煮食、晾衣服，沒有公私裡外的分別，那是文明的時差，任性的中國人因此顯得格外前衛。

「我愛北京人。他們什麼都不怕。」李莫打開房間裡的紹興花雕，給我倒了一小杯，自己也乾了一杯，她比我了解用什麼可以快速補足我們不曾擁有過的信任感與回憶。她說起自己正在進行的拍攝計畫，是三個夢想放棄原本身分、到北京開始新生活的外國人，她說北京很快，每個人都在做一些新的事，那使她興奮；我跟她說我回台灣快要一年，剛寫完一本小說，但寫完之後開始沒有辦法好好睡覺。這障礙來得無聲無息，只覺得好像屋子裡所有屬於我的東西阻止我。想到它們不是別人的都只是我的，我就喘不過氣、心臟跳得胡亂飛快，怎麼也睡不著。所以我只好收了行李到陌生的地方睡覺。

「所以妳是來北京睡覺的？」她笑了。

我沒有回答她，起身走到陽台上，把半掩的老木窗整個闔上。冬天要到了，李莫說再過半個月就要開始供暖。

「其實歐陽跟我說過妳。」李莫伸出舌頭輕輕舔過紙捲好一根菸，瞇一隻眼點燃。

「她說她有時候看見妳，覺得妳就是要消失的。那感覺很強烈，她不喜歡。」

真奇怪，我沒想過歐陽也會說出這麼飄忽的話。我想起歐陽有一次這樣跟我說過李莫：

「李莫是我的同黨。」

把花雕喝完之後我們決定下樓走出老社區，到轉角的小店買啤酒。接近清晨的大路沙沙的很荒涼，我的眼睛看不清楚、幾次差點跌倒，李莫牽住我的手。我們都比彼此想像當中更加溫柔，那使我驚愕，如此進化過的溫柔與進化過的愛，彷若所有毀壞中的城市等待著給我們深埋的溫柔一次機會，我沒有真正激動，我只希望一切在此刻顯得美好。我比誰都清楚人的身體不屬於自己，我們全都被啟蒙運動所欺瞞。身體不過是公共的載體借貸愛，此處流到彼處、被吸引被推拒。李莫與歐陽使我第一次意識行走江湖肉體會下沉會消亡，而我們同黨情存義長。

有一瞬間李莫走得快了，停下來回頭喊我的名字、伸出右手。我看著她，忽然想熱烈地活與死，就把她拉近，深深親吻了她的眼睛。

斷代史

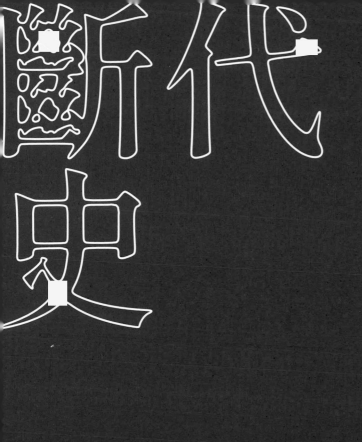

我在北京過的生日，三十三歲，清早起來躡手躡腳移開枕邊夢迴的香肉軟語，走過荒沙搭公交車去老書蟲和一名菲律賓導演碰面，我們從杭州糾纏到北京，理智告訴我這女人活在自己世界裡生性殘忍我會被踩到土裡，但身體堅持著聽完她一生的故事，看了她用以尋求資助的樣片，怎麼也狠不下心拒絕她的劇本邀約。她說好幾個編劇都令她失望，他們全都無法堅持，一旦不在眼前就斷了信息，於是我們抓緊時間，光在北京就碰了兩次面。這之前還一同去了此生所見最空虛的城市名叫義烏，看了全世界的勝地紀念品。我好怕使人失望，就和她吃早餐，拿黑色簽字筆在手記本上潦草寫下整頁訪談關鍵字，她還買一本傳記給我讀、為我付了早餐錢。與她告別之後我在偌大的北京迷路，我得再搭幾個小時的高速火車回杭州搭機，買完車票已經幾乎沒有錢。我訂了便宜的虎跑路青年旅館，與一名重慶男孩和幾名女孩同宿，男孩說上大學前想到其他地方走走。杭州好淡，淡到水過無戀痕，我緊摟著護照與錢包睡著，醒來上帝保佑又是個堂堂正正的台灣人。

那過後幾天我和男人第一次見了面，再過幾個禮拜他問我要不要一起吃飯。我從早上了一天課，放完一部偽裝成推理動作劇的愛情故事，周迅還重唱竇唯，我站在台上徒然解析一番，鈴響了，放學生走，把教室鎖上。時已昏，目光低限，我走過石橋流水，男人在門前抽菸，看見我走來只抬了下巴問聲怎樣，我垮著臉說好累，他沒應，低頭深深吸了最末一口把菸丟掉，說先進來吧。男人做的事比說的話好看很多，而且不解釋自己，這品質使我瘋狂。我跟他說你說話的聲音，你說話的聲音好像我振叔，一九九二年乘著大機遠去不再歸來的振叔，臨行前聽了我的鋼琴沒有應聲稱讚，只把我叫到跟前，正色說做一切事都要頂真毋需花俏，那十二歲女孩虛榮的心，皺著臉幾乎要哭。如舊如慕的聲音，沒有在喊我的名字，又喊得這麼成情我胸口都要再奔出幾個光手光腳的小我與之廝磨。我沒有辦法像對其他人一樣用表面的喉嚨與他說表面的話，仿佛聽見他說話的不是我，是史前斷層處深掩空待的骨與隨雨化開的臟器，在多雨且溫暖的夜應咒復合。

我可以記起斷層開始震晃的時刻，我在卡斯楚戲院看完了一百二十七分鐘的《Z》，片尾女人開始一個一個唸出所有被軍政權禁制的單字：長髮、迷你裙、托爾斯泰、罷工、社會主義、杜思妥也夫斯基、流行音樂，字幕捲上時候我坐在椅子上靜靜流淚，電影怎可以如此現實美麗。我遺下戀人獨自來到這個城市，卑鄙的我感覺快樂，朋友的學校要上山，門後是乾涸的噴水池，迪亞哥的壁畫。圖書館仍未電子化，我一眼瞥見遍尋不著的攝影集躺在書車上，坐在窗邊頁頁翻去生出翅膀，已許久未敢拍動於是疼痛；我可以記起，我的眼睛寫壞了，戴著沉重的大眼鏡，坐在法靈頓車站附近的酒吧裡，剛結束一場慘絕人寰的面談，領頭的鬈髮資深教授對著在席的其他學者說你們知道她是哪裡畢業的嗎？是台灣最好的大學，像劍橋哈佛那樣的學校畢業的，他揮揮手上的稿子：「竟寫出這樣的東西。」我向坐在桌對岸的人描述，想當笑話講，忽然就委屈到極哽咽起來，太丟人了沒辦法，只能把額頭緊緊頂著木桌等屈辱退潮。失態把我們的手猛然拉向對方把面具摘開，歐陽趁弱伸來揉揉我的髮。

當我回到家愛人已搬走所有衣物，我坐在廚房對著安娜與蘿拉大哭：「我沒有要她走，只是不願意看到有關她的事物與我同在一室。」任誰也聽得出來這當中致命並且可笑的矛盾。蘿拉顴骨上隱隱發亮的穿環還是像淚，安娜跳到公車站牌上為我跳舞，我洗了把臉，看鏡子裡的自己很害怕，身體會自己想辦法活下去，會等待下一次傷心時刻，或者你永不傷心。

二十年後我終於抵達振叔。自他離開，我是家族裡第一個漂洋過海去找他的人。他開車帶我到春田市，他開會，我鑽進遊客中心看了林肯的一生，在漫布塵灰的二手書店買下 Diane Arbus 的傳記，然後躺在市政廳的草地上等他領走我，我們去探他在大學讀建築的女兒，吃了飯，臨走我先上車，夜暗，他們在宿舍樓下緊緊擁抱。在芝城的最後幾天我的背像給人綁大石，坐不好躺不下，大概是在紐約睡壞的，我不敢告訴振叔，怕他阻止我踏上接下來的長途旅行，我偷偷查了中國城的中醫診所，魚貫進門排隊，先用英文說了症候，大媽醫師以濃重的鄉音問我哪來的，我們釋然地剝下他人的語言進行更為精準的醫療行為，臉朝下接受大媽整脊的時候歐陽的訊息來了，說她在外頭，我沒能及時回覆，走出診間臉色甚慘，歐陽說妳像給醫生痛毆過那般。

歐陽是特別來找我的。她前一日開始住宿在市中心的沙發衝浪處，我則每日自芝城裙腳搭通勤火車過來與她碰面，我們半年多沒有見面，擁抱的時候我暫時還沒有辦法敞開胸口。我們都是第一次來芝加哥，十一月比想像中更冷酷，我把行李裡的冬衣全都套齊了，站在廣場中央的杜布菲雕塑前等她，她從對面向我招手，微笑把頭低下，散著髮跑過馬路，我把手上的紐瑞耶夫攝影集遞給她，幾週前在跳蚤市場看到的，想起她說過自己童年迷戀兩樣事物：紐瑞耶夫的臉與短刀，便掏出十美金買下它。

補充咖啡因之後像個觀光客那樣打開地圖，我們決定出發到自然科學博物館看T-Rex，她沿路都在和See-Yo傳訊息，單手打得飛快，趁空檔與我對應幾句近況，最末歐陽把手機遞給我：「他想跟你說話。」我接過手，耳裡傳來洛城的完美豔陽：「May！」

See-Yo的中文名字是思佑，他出世這天家中阿太過世，父母沒能來得及回台灣奔喪，遂應阿太之名佟大佑將他取名為思佑。See-Yo是歐陽的情人，歐陽說他們本來不相識，那週末朋友替See-Yo問到歐陽的便車往舊金山，「他說是台灣人我馬上感覺與他好親近，我還跟他說起妳。」後來他們整個週末都膩在一起，沒有住在一起，只是很想與對方繼續說話，兩天結束就又一起開車回洛城。See-Yo活躍於西岸的跨性別與種族平權運動，歐陽並不特別熱衷此道，但她欣賞有定見並且自成一格的人，「我沒想過自己會對一個 trans guy 心動，」歐陽看起來並無她說的話那樣苦惱，「但他和我提起過去在紐約做單車快遞，我想著他骨架清楚且瘦小的手腳如何以巨大的力量控制沒得煞的單車，就覺得好想緊緊扣住他的手腕。」她本來和一個樂團的鍵盤手約會了幾個月，那女孩沒有辦法接受歐陽開放關係的提議，在早午餐廳拂袖而去，「那天晚上去了 See-Yo 的公寓，他做日式料理給我吃，小盤小盤排滿了整桌，每個盤子裡頭就一點點菜，疊得漂漂亮亮，我都捨不得吃。」

我不知道歐陽是否和 See-Yo 提及我們睡過一次，他的聲音裡有一種「我們理當親密」的預設。他在電話那頭對我說自己正向歐陽提醒一些與海外台灣人說話的禮節與禁忌，其實心訣無他，只有「台灣不是中國的一部分。」我淡然回答：「這我早跟她說過。」，See-Yo 沒理睬我話中心機，以輕快的語氣總結：「我就說嘛，May rules.」歐陽搔搔頭髮，像是被貌似教訓的寵愛夾擊的大狗，她按下電話，鬆了口氣，把手搭上我的肩頭。

我和歐陽在一個陽光很暖卻不燙人的午後睡在一道，我們從飯廳開始接吻，她提議不如進房間吧，她的房間只用了一塊白棉布遮住面朝行路的大窗，我褪下淺橘色的薄洋裝，她無法自持地重複說著：「真不敢相信，我看見妳的身體了。」她興奮起來說話像奔跑的鹿，有三分之一我都聽得半懂半疑，好在她年紀少我五歲，我還可以用高明的姿態掩飾溝通無能。我不是毫無顧忌的人，我們都沒有高潮，但那一點也不妨礙我對她熱烈的渴求。自第一次見到她起，我已經夢她多回，最近幾次約會要分別，我聽見自己的心臟裂開一道細細的縫，是時我輕輕按住，讓血與祕密凝在裡頭。

那是我們的唯一一次。歐陽後來在泰特現代美術館裡拿出一張字條說明她必須與我保持距離的幾點原因，她擔心自己面對我失了準說不清楚，於是寫成要點整理思緒。

You are too much for me. 最後她把紙條摺起收回口袋之後抬起頭這樣總結。台上的人物仍以誇張的聲調進行表演，我把這句話譯成中文之後在心裡默唸了無數次依然理解未果，覺得好膩，從袋裡拿出筆在筆記本裡寫下：「我不想再見到妳，請不要寫信或打電話給我。」撕下遞給她，然後頭也不回地走出會場。她的電話追過來，幾通過後恢復沉默，我這才把手機掏出來，盯著螢幕上她重複的名字，看了許久，穿了之後一則一則刪去。

那晚之後我們不曾見面，我發了狂似地寫信給她，用80磅的A4紙寫，每封只寫一面，用她不可能完全懂的中文寫，有時真的寄過去她家，有時寫了就夾在書裡，多數時候一寫完我就撕掉，那段日子心裡的野獸數度奔逃出來囓咬私下我的面皮，重組我的骨骼，我很清楚自己的對象是一個不存在的、遭我特殊化的歐陽，因為求不得而火燒愈入骨，我為了自己如此想要她而感覺羞恥，祇得以打工與約會填滿生活縫隙。有幾夜走出公車站，凌晨大路上我把手握成拳頭狠狠磨過購物中心以便溺與髒話抹面的石牆，關節處有血靜靜滲開，是那些緊縛的祕密，隔日我會以繃帶一圈一圈包裹，因為受傷而感覺可以暫時自欲望中鬆懈。

我從來也沒告訴過歐陽這些，她確定要離開倫敦那天我到公司找她，我們與她的同事共桌談笑，她試著向我解釋自己的新工作，說這新創公司將如何幫助中低收入階層的美國家庭與銀行打交道，我聽了一陣仍不能確定這該算是資本主義的極致分工或者是項慈悲為懷的公益事業，她問我要不要帶點免費餅乾和水回去，硬塞了幾條巧克力到我的提袋裡，送我到門口。我獨自走到街角，一時間不確定該去哪裡，從缺口穿越維多利亞公園走入愛麗絲的夢境時女王正辦派對，許多頭戴手工羽毛帽飾的女人捏著香檳經過我，我開始流淚，兩隻袖子都抹到溼了還止不住，一名穿著西裝的男子追上我，「妳還好吧？」，我勉然一笑，他遞給我一只酒杯。

那都是一年前的事。這次相約，我們在芝城市區打滾三天，其後她回去上班，我還有一些採訪的行程要跑，約好兩週後到洛城過感恩節。

吃完感恩節晚餐回到歐陽的公寓，我們一身酒累相擁入睡，大概睡了兩三點鐘，像鬧鐘那樣準我們同時醒來，我看著她的臉，順順她的眉毛，她親吻我的臉，我們做愛。再醒來的時候她不在身邊，我披上毯子看書，她從門外走來時手裡拿著一本電影雜誌：「買咖啡的時候看見這個，《挪威的森林》電影導演的訪談，我想妳會喜歡。」

歐陽開車帶我到LAX機場接See-Yo，他回德州過感恩節。我有點怕德州，一名朋友和我說過當年到戲院看《斷背山》的情景，還演不到電光石火一夜，小戲院後頭的彪形大漢便站起來破口大罵，接著忿忿離去，這故事使我坐在德州酒吧時背弓如貓。上前搭訕的老人見我獨自駕車：「妳該備支槍。」說著輕佻地比劃起擊發手勢，坐在吧台邊戴著墨鏡的男人轉頭對我們一笑。

See-Yo 堅持要帶我去吃韓國料理，初下機的深夜他和歐陽坐在我對面吃著火紅冷麵，然後禮貌地問我們感恩節過得如何、感覺洛城如何，並認真與歐陽討論起該帶我上哪去見識一下這城市。歐陽載他到家門口、沒熄火下車與他告別，我坐在副駕座看他們笑著說話，歐陽從身後一把抱住他。

See-Yo 腳板上有一幅拳頭大小的人像刺青，那是他的哥哥，長相據說與他一個模樣。See-Yo 的哥哥是職業軍人，兩年前某晚在營地睡去再也沒有醒過來，See-Yo 自此順理遞補為家中長男。他母親對他病態的依賴使他不得不離開家鄉，「我的母親是一種十分複雜神祕的生物。」他苦笑著，彷彿談論一名分手未果的女友。

我在洛城待了五天，搭十多小時的飛機回到台灣，載我去機場的前一個小時，歐陽焦急地為我把Mp3輸入我電腦裡的itunes，我在她房間裡聽到的黑暗珍珠Melody Gardot，聽她明明唱一首甜蜜輕快的情歌卻感覺悲傷，後來歐陽說她近乎失明，而且據說脾氣很壞；還有孿生魅影Twin Shadow，洛城之夜的背景音樂，第一次在車上聽我便一直問歐陽這是誰，七〇年代復古聲響與新世代電音編排，多明尼加男人背著電吉他似陰亦陽的抒情浪蕩，至此每再聽見他們我都心念無他唯有洛城。

暫住台南的第一個月，我在租屋處收到歐陽的越洋包裹，裡頭有三分之一都是緩衝用的氣泡布，只為包裝一台輕巧的USB黑膠唱機。多麼美妙的科技，要多奇巧的愛才能想到將黑膠唱機與電腦跨越時間無礙連結呢？我小心翼翼地將唱機取出，歐陽另外附上了史特拉汶斯基《春之祭》的唱盤，我們一道在倫敦聽過交響樂團的現場，我記得她那天穿了一件丹寧襯衫，第一樂章開始沒有多久，她以一種非常科學的方式分析曲式給我聽，在那之前我只看過碧娜鮑許的詮釋，那是褪下一層皮又痛著長出鱗片的感性，這使得我對歐陽的理性格外因為無法理解而著迷。

See-Yo的禮物靜靜躺在最底，那是和Christopher Nolan電影裡頭一模樣的圖騰陀螺，木製的，只有拇趾頭大小，非常輕。我捏著那陀螺在桌上試轉，大約是太輕了，轉不滿一圈它便頹然消停。我只在離去的清晨與歐陽說過，此處與她重逢，如諾蘭電影，需要圖騰作證。而最終為我打造夢中圖騰的竟是See-Yo。

我想我不會再見到歐陽或者See-Yo，我與歐陽通信的時間漸次減少，我開始和一些不具破壞性的對象約會，偶爾也睡。我最後一名睡覺的女人是在北京的房東，我們在台灣認識的，她那時正苦於曖昧無展的戀情，打過幾通越洋電話問我的建議，我對她別無他想，那晚我們在公寓裡酒喝多了，她斜倚在沙發上向我伸出手、喊我，「May。」我接住她的手，我們擁抱。隔日清晨我自己打的士去坐火車，抵達南方之後她打了電話過來，想確定我沒事，仿若害怕我是個糾纏不清的女子，我大笑，覺得她很逗，她也笑了，很有經驗那樣，「You know？ friends with benefits 嘛。」

●

遇見男人的時候我已經不哭了，我跟他說不快樂一切都是空談，我的時間已經很少，沒有辦法再浪費在痴纏戀苦。他帶我上廟裡，我們看端坐的虎爺與范謝將軍，牛墟裡鮮食雜貨古玩賊物散落在地使我想起巴黎的 Saint-Quen，邊緣地帶馬路邊醉漢叫賣著電器插座破球鞋，我看著這新世界，心想他們不會明白我，不會試圖明白我，這樣再好不過。

我和男人在床邊的牆上立下字據，說百日過後還不厭倦彼此就結婚，男人的臉看不出悲喜，

我捧著他的下巴，覺得自己好不了解這多麼像獸的生物，「如果是這個人的話我可以。」耳裡淡淡響起這句話，愈來愈近，愈來愈近，可以做什麼呢？可以投胎俗世，可以再次生活，可以甘心再長。我不覺得自己已經長大，只覺得直接老了，我的肉體我的愛、都老去而衰敗，那自找的愛與衰敗，一次一次，移時換代，我們的高潮總不再使對方狂亂。

菲律賓導演早年拍了一部紀錄片名作《愚公移山》，那也是北京一間地下酒吧的名字，眾多無名樂團曾在那演出，還有好些確信北京是世界中心的外國人同場取暖，每個人都非常努力，換取自己在這擁有無限可能並同時迎接失敗的城市的存在感。朋友帶我

進胡同裡的三合院，台灣攝影師和上海來的藝術雜誌主編說話，她們說話的方式是一種有距離的親暱，那晚我一個人，從過去到未來都沒有人打電話給我。

龐城之春

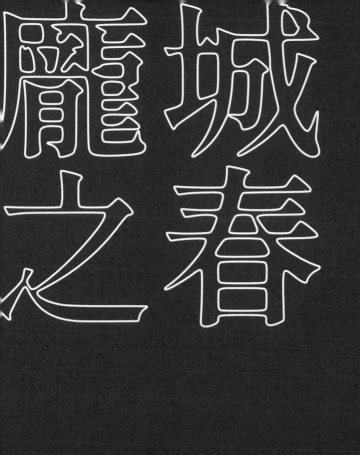

第一次見到玫瑰那年春天我剛滿四十二歲，玫瑰三十五。她從尚的車上走下來，眉眼低垂，引擎的聲音早先已驚動鄰居院子裡的兩隻烈犬，牠們撲向圍籬對著玫瑰吼。玫瑰只是抬抬眼，伸出左手對齒牙利張的犬輕輕做一個阻擋的手勢，然後回頭看尚。尚把兩口行李箱拉出後車廂走向我，碎石地面被輪子逼出一種艱困的聲音，他皺眉，把行李鬆了手，上前輕碰我兩邊臉頰：

「李霍，這是玫瑰。」

這天是個假日，為了尚我從特魯瓦開四十分鐘的車來等門。法國五月假日多，非宗教即戰爭之故，但鬆懈是否有助記憶，這點我時常存疑。尚偶爾會親自帶客人來寄宿，但從未像此次如此臨時而又感覺慎重，我可以從郵件中看出他格外謹慎而保留的用詞，他隻字未提來人身份與關係，只請我把有浴缸與工作間的邊間留給他，再讓管家換上那組夕陽藍紫的床單。

我在電影學校的畢業製作裡認識尚，我是片子的副導，他是女主角的男朋友。影片拍攝時程緊繃且壓縮，最後一晚甚至超時工作至午夜，開往老劇院拍攝重要相遇鏡頭的車上，女主角身心俱疲崩潰痛哭。同車的導演與男演員緊閉嘴唇不發一語，多日密切積累的怨懟使影中愛侶都速成了仇人，我乾乾地說了幾句抱歉與寬解的話，它們全像被吸入真空罩，倏地失去意義。同在後座的尚沒有即刻摟抱安慰女友，只是冷靜地請我們都下車。十分鐘後女孩一聲不吭走出來找梳化聽走位，還任攝影師多次試光亦無怨言。我趁空跟尚道謝，他苦笑，沒多說話，冷淡的路燈底下我們的鼻息成一道煙無聲對白。此後我們偶爾會約出來碰面，有時候聽一些樂團表演，有時就只是在我家街角的酒吧喝幾杯。他喝了酒之後眼神會變得十分專注，仿佛全宇宙他只看得見你，等我漸漸習慣之後已經再也無法討厭他，對他也失去了最初的好奇心。

女主角沒繼續演戲，過幾年尚倒成了模特兒。他的好看並不世俗，而完全是一種抽象式的概念集合，與他共處一室，你會感覺空間裡的氣流微妙地改變路向，在他面前陷成一個深深的風眼，今後你不見得記得清楚他的臉，但心的一部分會被他帶走。這轉瞬即逝的的風眼不由人盡述，卻神祕地能夠確實被鏡頭捕獲，像最平靜瘋狂的時代。他乘勝開始拍電影。

儘管如此，我們再也沒有在工作場合遇見彼此。我在這行如夢似實地打滾，得幾個不大不小的獎過後感覺很倦。某一個宿醉的早晨，我在小報上讀到他睡眼下樓取信的浴袍照，撥了電話給他。他出乎意料地已醒，跟我說他剛結束拍攝，會待在法國兩個禮拜。我並沒有意願提供關於自己近日生活或事業瓶頸的深入細節，只說，想休息一下了。他鬼使神差地這麼問我：

「你要不要來龐城？我有地方給你待。」

待我回神，落腳龐城已近十年。起初尚請我為他整理家族共有的一棟都鐸式木條老屋，一樓的一部分做成咖啡館，大部份的空間則是以尚莫測的交際圈為主體而成立的私人招待所，並不對外開放。他對我說，一直以來這屋子都讓家族裡逃亡的人借居：作家、禁忌戀人、罪犯。但自他有記憶開始，莊園便荒置在這個距離巴黎市一個多小時車程的鄉間，不再有人前來避難。

「我們來讓鬼魂復活吧。」他在我面前用銀製餐具輕輕劃破躺在西洋菜上頭的水煮蛋，蛋心像放棄等待那樣橫流出來。

每日我把窗大開透風，然後燒水，為自己沖一杯咖啡，給桌前的花修剪換水之後，把前門打開，等人來。龐城是一個只有兩百人的安靜小鎮，沒有一間商店，也沒有餐館或酒吧，或許因為如此，咖啡館出乎意料地培養了一些深居簡出的客人，有每週固定從鄰近城鎮過來，一坐便是一天的，也有夏日南來度假、路過便停的。一名可靠的當地男孩固定與我輪班，他做的茶拿鐵無人能及，尚請人從印度帶了強烈而不落俗的香料茶作基底，入喉想喊又含藏。店裡工作內容還算單純，沒有人的時候我試著寫劇本，冬去春來，已死過無數個開頭並擁有幾個完美的片尾。招待所的事務由尚全權掌握，我從不過問來人身份與意圖，只應接。我們簡單雇了一位管家與一名廚師，我自己身兼園丁，必要時候偶爾也做飯。我時常感覺自己像雙重意義底下的臥底，無關緊要的祕密身份磨錘現實的生活技藝，同時保護我不為人知的心。

玫瑰來的前兩週很靜，幾乎足不出戶，只請廚師把每日飲食擱在廚房桌上，說自己作息不定，不好與人配合。她一定擁有非常敏銳的耳朵，我從來也沒有看過她走出房門拿走放著餐點的托盤，但碗盤總是洗淨抹乾之後靜靜回到櫥櫃，這樣我便了解她不希望受人打擾的堅定心志。她總是使用電子郵件發訊息給我，儘管我們之間僅是樓上樓下的距離，她多是請託我從城裡買回紅茶或者一些特殊風味的亞洲調味料，來信十分禮貌，敦使我不自覺地也使用著公事往來的語氣回覆。

開始可以見到她離開房間坐在河岸看書，已經是櫻樹花期的盡頭，那大概是接近六月的時候，在河上活動的人甦醒大半。屋子後頭沿著河有一條矮樹遮蔭的小徑，徑邊兩三階小石梯像通往倒影世界的入口，低調地往河水裡探，她會坐在石梯邊把腳伸進水裡，一陣子，再撈起來，在草地上曬。那是下過連續好幾天的大雨之後終於放晴的週五，遛狗的時候我遠遠看見了她，還在猶豫是否該過去招呼，大狗從我心裡掠過被雨敲傷的蕉黃色鳶尾花奔跑過去，在她身邊停下來嗅聞打轉，她放下手上的樂譜，不是撫摸而是環抱了大狗，當我走近，她把臉抬起來笑得跟傻子一樣。我們有一搭沒一搭地聊著狗，和天氣，空氣被雨刷洗得相當寧靜，蒲公英跟著風在水上失敗降落。「我從來沒有見過這種河。」，她喃喃地看著面前的河水說。

「好像有神。」

或許是那冷漠與親密之間的切口在雨後陽光的反射底下顯得格外閃閃發亮，我突然有一股衝動要問她是否願意一同晚飯。念頭一出，隨即記起這是週五，屬於家人與情人的週五，我要與父母吃飯，女人會過來找我。她喜歡捲著毯子在沙發上看荷索的電影直到睡著，我的公寓會被她重整，我們不費吹灰之力將公寓過得像本來住著自知過時但依舊執迷的嬉皮。我於是喚狗的名，把玫瑰留給塞納河的神，將自己帶回纏綿的人世。

三月開始我與一名愛喝黑啤酒的女人約會。第一次約會我做了鬆餅給她吃，我把麵粉過篩，打進雞蛋、牛奶和玄米油，最後倒進半瓶Duvel啤酒，全拌勻了，一匙一匙鋪上平底鍋。麵糊在鍋裡漸漸成色，我翻面，在心裡默想著《壞痞子》裡頭艾力克斯抱著已昏厥的安娜緩緩從空中降下的畫面。待他們安全落地，我便將鬆餅劏起，收集到純白色的小盤上，遞給她其中一個。

我們打開廚房後方的落地門，走到院子樹下的鐵桌旁，我替她盤裡的鬆餅淋上楓糖漿，撒一捧新鮮藍莓，我們喝著她帶來的略有海鮮味的黑啤酒。她一直微笑著，好像生平第一次被人體己招待那樣，瞳孔閃著就要撲面而來的小蝴蝶。她穿了一件極貼身的古粉紅卡通上衣，說是朋友送的，「她說大概只有我穿得下。」她的身體很窄，咧嘴的笑容如此無邪念，想掐緊她腰身的意念在我手掌之間揮之不去，只好跟她說不如我們出去走走。

我領她穿過雜草叢生的公園，跟她說從前有鹿會在，不理會往來行人，或臥或閒蕩，每次走過這裡，都錯覺自己信步在遠古那樣。我們橫越漫草回到大街，腳步輕快地走過菸草小店與二手慈善衣舖，午後烈陽忽現，她戴上一副火紅色的墨鏡幾乎遮去半張臉，路過的男人女人忍不住回看她幾眼。我說大家都在看妳，她自然地靠過來牽住我，說給他們看。她悠悠忽忽牽我進一條封路開趴的熱烈巷道，台前一名大尺寸的扮裝皇后與她的猛男舞群正跳著蕾哈娜，她把嘴唇靠近我的耳朵輕聲說得去一下洗手間，乍然鬆開我的手往流動廁所走去。我看著她的背影消失在以不欲望她而保護著她的男人中間，轉頭到臨時吧台買了兩杯薑汁汽水，然後回到原處等待。等她回來領走我，她乾淨著手腳走向我，接過我手上的塑膠杯，喝了一口，然後我們接吻。她甜淡甜苦的舌頭若有似無劃過我的齒，圍繞著我們的人們鼓噪拍手。

我們每週固定碰面一次，找間不錯的餐廳吃飯，一起做些什麼，然後回她公寓，或者我的。她有些強勢，但不害怕示弱，和她一起我感覺放鬆。不需要把時間浪費在無數的微小決定，在彼此都感到舒服的限度內分享生活，這自然的默契是我許久沒有體驗過的。

我離開龐城去約會的週末，尚也幾乎都會過來看玫瑰，但從不過夜。我們有時會碰上，那時我便感覺自己距離尚遠了。我沒有辦法確知他與玫瑰的關係，也不知道他是否介意我詢問。並不是我有多麼希冀探問，他們的身體也並不靠近，只是他們之間總有一種排外的氛圍，使人陷入非自主孤單的不快境地。

只有一次，我順道帶尚去機場。那是個淡淡飄著雨絲的午後，我們路過扶疏的新綠樹林，開到巴黎與普旺的交叉路口時，遇上了運送風力發電扇葉的長長車隊，文明巨大的殘肢佔據我們短淺的視線直至地平線遠端，並極緩前進。我嘆口氣，看了右座的尚一眼，他雙手在胸前交叉深深陷進我的汽車沙發，雖然閉著眼，但我知道他並沒有睡著：

「你還好吧？」

他沒有回應我，讓我幾乎懷疑自己是否對他誤判。我靜靜看著他，過了快要一分鐘，他開口：

「我想和玫瑰結婚，你覺得怎麼樣？」

我失態地笑了出聲。我對婚姻一無所知，和我約會的女人三十三歲，離過一次婚，但並未在身上留下什麼暗影，「別人訕笑一生結婚五次的女明星，我卻完全能夠了解。

結婚又不是終點旗而是機會和命運牌啊。那麼浪漫，遇上怎能不翻開？」我喜歡聆聽她別於常人的見解，那與我筆觸過分濃重、並帶有一定程度憤世的解讀背道而馳，因此顯得特別迷人。有時，在最甜蜜的時刻，我腦中的警鈴仍輕輕響起，我愛女人，尤其是她們的缺陷，更是可愛得不得了，這份愛如此真心不容質疑，但總是從不知何時開始，那任性的魅力開始發酸。儘管已目睹過無數次這未免帶有些喜感的悲劇進程，我與這世上的女人卻似乎都對此無計可施。

「她還不知道這件事，但我希望她可以留下來。」

尚像是沒有聽見我無禮的回應，以他一貫迷惑人心的談吐節奏表達他的立場。我忽然抱歉，彷彿自己像個青少年那樣幼稚。尚極少在重要決定上徵求我的意見，正確說來，他並不在真正重大的事件上徵求任何人的建議。我想問他一些最基本的問題，比如玫瑰從哪裡來，比如他們如何相識，但都被他那聽似縫隙很大卻覓無出路的態度所阻擋，這時我才弄清楚，他也許並不真的想詢問我的意見，只是很需要把這件事告訴一個什麼人。

我們花去比平時多出近兩倍的時間才抵達機場，距離班機起飛僅剩四十分鐘。他在第二航廈落車，進機場前彎腰對車窗裡的我點了點頭，接著轉身開始奔跑。我想起我們認識已十多年，還沒有見過他奔跑的樣子。

那夜女人帶我去市中心的電影首映。片子有漂亮的畫面和漂亮的音樂，看起來會賣座，兩年出品三部片、氣勢銳不可擋的年輕導演領著演員接受記者和觀眾的提問，女演員看起來像正忍耐著極大的煙癮，不住以手上的簽字筆敲打桌面。這場合免不了要遇幾個熟人，我們寒暄一陣，磨銳彼此自嘲的幽默，然後淡然地吐出幾句對電影界現狀尖刻的批評。走出放映廳之後我心情相當壞，打電話找了幾個朋友，打定主意要喝個爛醉。

我對巴黎沒有迷障，我對這城市感到最親密的時刻，就是站在通往地鐵站的橋墩底下便溺的時刻，以此我與其他陌生人粗鄙相連。事實是，我們暗暗抱著報復這座城市的心，最後卻讓這臊重氣味成為揮之不去的尷尬鄉愁。此夜奇長，醒來的時候我雙手環抱著女人，她光著臂膀輕輕打鼾，臉上暈開的睫毛膏像霧。我痲著腳一點一點從床上爬下來，走到窗邊，她的公寓臨運河，從落地窗向下看，幾艘小船還正沉睡，再往遠處望去，沒有一對落單的愛侶。我感覺許久沒有這樣清醒，並且屬於自己。

接近凌晨五點我離開她的公寓，不想馬上回家，就把車轉向，開往龐城。很久沒有在這種時間自巴黎離去，殘存在我眼裡的酒精把新生的一天洗滌成很淡很淡的肌理，淡到幾乎要漂浮起來，和我同行的車漸漸被拋在後頭，直到從快速道路轉進龐城，我才甘心放慢速度。小城未醒，路過墓園、廣場、與歇業已久的小旅館，我把車停好在後門外，天才剛剛清澈地亮起來，我在心裡數著，教堂敲了六下鐘聲。

在樓下簡單沖了澡，我換上一件乾淨的T恤，坐在桌前打開電腦回覆郵件，然後繼續未完的劇本。專注寫了大概兩個小時，我把視線從螢幕移開，重新適應自然光線，給自己泡了一大杯蜂蜜水，起身到工具間拿出飼料。我們固定把貓碗放在花園階梯盡頭的矮牆上，我打開門，黑貓不知從哪裡咪嗚著朝我走來，尾隨我走到矮牆邊，跳上去。不等我把碗倒滿，咔啦咔啦就開始埋頭苦吃。

我坐在貓旁，看著牠沒天沒地地吃著，蛇樣搖曳的尾巴搔弄我的下巴。幾隻鳥在葉間追叫嬉鬧，我循聲抬頭，看見玫瑰站在二樓的浴室窗戶邊。

她側對著半開的窗，沒有掩上簾，把長髮撩起纏成髻，一顆一顆解開睡衣的扣子，然後把衣服褪到地上。她的睡衣裡頭什麼也沒有穿，背上接近胛骨的地方和左腰際用大塊紗布覆蓋著。她很有可能稍稍轉頭，便發現我的存在，我不自覺地放輕放慢自己的呼吸。但不到一分鐘的過程中她沒有轉頭看一次窗外，更衣裸身如許自然，像是窗裡外對她沒有任何分別，人在衣裡衣外亦無任何分別。

黑貓把頭用力撞向我的手，想討更多，我低頭撫摸牠的背，再往二樓看的時候，玫瑰已經消失。像從未放肆展示過自己的歷史那樣，大醉未醒的幻影既疼痛又抒情，我坐在原處沒有離開，等著暫留在我腦中的側身終於被熱辣的陽光曬虛曬盡，貓又離去。

當夜真實的玫瑰支著身子下樓找我，啞著嗓跟我說抱歉，要不是頭疼欲裂到反常的地步，她不會這樣麻煩我。我驅車帶她到隔壁城鎮急診，一量竟燒到四十一度。醫生簡單問診，在布簾後給她的傷口換了藥，開一週份的抗生素讓她吃。換好藥他喊我，我掀開布簾走進去，攙著玫瑰從床上起來。她搖搖手示意沒事，我後退，看著她艱難地彎腰，我默默蹲下來替她把鞋穿好。

「手術一陣子了吧，但還是不能忽視感染的風險。」

「你應當多注意你的妻子一些。」醫生一面在診療單上振筆疾書，一面沒有看著我地這樣說。出於禮節我點了點頭，向醫師道謝，玫瑰看起來十分虛弱，我送她回去，我們一路都沒有再說話。

過後幾日，像是什麼也沒有發生過那樣，玫瑰繼續維持著獨來獨往的習性，我在郵件中輕描淡寫地問她身體是否無恙，她簡單回覆好多了，請我不需擔心。那幾日龐城整個被春神的裙擺籠罩花開遍地，讀了她的回信，我決定上樓，管家割了整束怒放的白玫瑰插在餐桌中央，我順手抽走一支，上前去敲玫瑰的房門。

玫瑰來時散著長髮，慵懶地倚在門後。沒有預料到她的神情如此無防，我一下子感到有些慌張：

「妳在睡嗎？」

「沒有，在工作。」她簡短回答。

「只是問問妳吃過飯想不想一起散步。」

她眯了一下眼像在思索，然後直直看著我的眼睛說：「好啊。」

我們在門邊陷入沉默，一陣。她忽然指指我手上的花：「這個？」

「這是給妳的。」我把花遞向她。

●

我們在露台上用餐，玻璃桌上鋪了花布餐墊，風還帶些冷冽，直把角吹翻。廚師為我們做了檸檬香草烤魚和簡單的水蜜桃沙拉，把餐具備好，順手也把酒杯立在一側。玫瑰伸手拿起窄口的高腳杯，拇指和食指在杯頸摩挲，她本來不該喝酒，但我走下樓挑了一支白酒，我們心滿意足斟滿彼此的杯子。我第一次得以這樣靠近而有餘裕地觀察她，她披了一件極淡的藍棉麻襯衫，沒有佩帶任何首飾，收放刀叉的手像操偶人的手一般橫生韻律，我必須很刻意才有辦法移開自己的目光不去傾聽它。

她詢問我一些關於招待所的事，也問了一些關於我的事，太久沒有談論自己，我生疏地東拼西湊，像說著不是自己的人生。她專心聽我說話的時候就忘了盤中的食物，我得打斷自己好幾次提醒她。甜點是加了愛爾蘭奶酒的巧克力慕斯，她吃了幾口，便叫我等等，她去沖點茶。我們配著僅有的大量生產的廉價紅茶，用收音機聽著改編成法語版的披頭四，到唯一還留著英文歌詞的副歌時她會跟著哼：「啊看那些寂寞的人們～」披頭四之後三拍子的鋼琴聲響起，是La Noyée，Serge Gainsbourg彈著小學音樂老師式的伴奏，右手旋律與他溫柔的聲音亦步亦趨，使人心生戀慕。「這是一首關於河流的歌。」我試著解釋給她聽，「最後他還是被溺水女子帶走了，沒有成功挽回她。」

「妳彈鋼琴嗎？」我順口問她。

她歪了一下頭，凌亂的瀏海遮住了右眼，她試著撥到耳後，我看見她長長的眼角流得好遠。

「我彈鋼琴。」

像「我喝水」或是「我走路」那樣，她的回答沒有多餘形容，然後Serge Gainsbourg平靜唱著「遺忘之海粉碎我們的心與腦，將我們永遠結合。」曲子就結束了。

「真想按重播鍵。」她輕輕說。

我不知道該如何回應，比起功能齊備的音響或電腦播放器，我更喜歡收音機，那裝置使人擁有一種因無能自己做決定而生的強大安心。但我並沒有說出口，我們新開了一瓶酒，靜靜聽著隨機來到的音樂。過了九點，天色漸淡，電台徐徐播放韓德爾的水上音樂，像召喚最後的春神那樣她的水上宮殿升起，她背著手從露台這頭走到那頭，巡視領地那樣，水流帶來的枯樹幹聚在淺灘，最後生成許多小漩渦，她停下來，盯著那些旋渦，許久，開始告訴我關於鋼琴的事。

「我彈鋼琴，因為鋼琴我在一場慈善義演認識了我先生。他是市長的特別助理，表演結束市長走到後台，向所有參與演出的藝術家致意，他跟在市長身邊，在市長的耳旁一一輕聲提示，好幫助市長說出適當的回應。『妳彈的〈望春風〉使我想到布拉姆斯的一一六號間奏曲。』輪到我的時候市長握住我的手完美說出這句話。

我忍不住笑了，對站在市長身後的他點了點頭，像與他開始共有一個祕密。一個月之後我接到他的電話，說他手上有爵士鋼琴家 Brad Mehldau 的公關票，問我願不願意一起去聽。」

「戰後五十年，那維特開始大量開放南海移工填補勞動力缺口，路徑一開，通婚的風氣也日漸普遍。嫁給他的時候我的父母試圖阻止我，就算我先生當時已經是地方上小有名氣的政治人物，對他們來說，我還是下嫁了一個『次等』公民，只因為他的母親是南海勞工出身。我丈夫說自己小的時候本來沒有辦法留在那維特了，但很多人出心出力幫助他，儘管母親因為違約逃離僱主被遣送回國，父親也因為早有家庭無能扶養，他卻被安置了下來，有機會接受教育，甚至走上官途。他說不能說自己長人不辛苦，但他看見好多難以理解與想像的事，有好多他想為那維特做的事。他閃閃發亮的眼神是我見過最大的寶石，我毫不猶豫地答應求婚。」

「婚後六年，我先生決定參與大選，他是那波新移民嬰兒潮世代第一個出來參選的國會議員。很快地我先生以自底層力爭上游的形象和煽動人心的演說，獲得正長成中堅一代的新移民之子熱烈支持，沒有人可以像他，用那麼銳利的方式切入公共政策，他還可以用極草根的語言重述那維特複雜的獨立史。媒體把他造成那維特的良心與希望，而他則被近乎獨裁的長期執政勢力、與以利益交換漸成共謀的反對黨勢力，都看做了眼中釘。」

「我們確實意識到國內保守派漸起，但當時正在風頭上，人人都只覺興奮，沒有人正視危險。他在外頭跑行程的時候我如常作息，進學校教書，下了課到幼兒園帶小孩，我們一起走路回家。雖然爸爸總是很晚到家，但每天我都能感覺到愛與夢。

現在想來，那正是颱風前瑰麗得不可思議的夕陽，我們全都在裡頭迷醉無視。」

她把酒杯放回桌上，倒滿水，坐回椅子，把水一口氣喝到底。

「距離選舉只剩十天的時候，事情發生了。」

「週四下午的課很滿，我和一個無法決定主修樂器的學生談太久，接孩子就遲了。他撥了電話給我，我急急走著，跟他說再等一下下喔媽媽在路上了，再五分鐘。我記得那天穿著一雙低跟的繫帶皮鞋，一直有把鞋脫掉赤腳奔跑的衝動。幼兒園其實離學校很近，有老師陪著小孩，所以我並不擔心，只是一聽見他的聲音，就覺得讓他等好捨不得。我剛走進幼兒園，孩子就揮舞手上的小彩旗向我跑來，這時我聽見有個男人用一種親暱的方式喊我的名字，我伸出雙手擁抱孩子，回頭，槍就響了。

接下來的一切發生得很快，但回想起來卻總只能像電影的慢動作那樣播放。男人走過來，他十分鎮定，把槍再次舉起，我緊抱住我的孩子，希望自己有魔法，使他從此時此地消失，我抱得不能再緊，眼前就黑了。」

「醒來的時候我的肩膀溼成一片，我馬上知道自己失去了孩子。槍殺當夜他的靈魂回來在我肩上哭了一夜，我發誓我聽見他爬上床小手小腳的聲音。只有在最害怕的夜裡他會離開自己的房間鑽上我的床，用頭髮在我的脖子和肩膀之間磨蹭，我會移動我的身體讓出一塊空間給他，唱自己編的那維特語兒歌，很低很低的曲調，等他睡著。我想跟他說別怕，又感覺一切徒然，我是沒有能力使他不害怕的了，我並不比世上的惡強壯，在應該推開他的時刻我緊擁他，我的自負害死了他。」

她慢慢地把故事說到底，有時停頓補綴一些細節，雖然說著強烈的話，她的表情卻顯得十分平靜。我毫無介入的餘地，只能儘量使自己不要顯得太嚴肅，把臉部的線條放軟，但又不過度流露情感。

「你的先生呢？」，我按捺著問。

「他非常堅強，沒有被逼退，雖然馬上停止所有競選活動，卻仍勢不可擋地高票當選。」她的嘴角微微上揚，我無法辨識那當中帶有的任何微妙情緒。

「我感覺自己再也沒有丈夫，也沒有了國家。」

鄰居的小船順著河水上下搖晃，一年當中近半的時間它被孤單繫綁，落葉在裡頭腐爛成毯。我清楚知道只要適當的節氣一到，有人會細細整理它，再解開它的繩順流而下，但長長的整個冬天有好幾次我都想偷偷把它放走。鄰居有兩個小男孩，年齡差距很小，時常與我的狗玩在一塊，有時我會想像擁有兄弟的感覺，只是有時。我是家裡唯一的兒子，並不覺得自己失去過什麼。

我們沒來得及去散步天便完全暗了。她起身說想去加件衣，我從屋子裡拿出幾盞燭和更多酒，等了半小時，她卻再也沒回來。我把餐桌收拾好，倚著鐵欄杆看向河對岸，龐城在十一點過後會完全熄燈，事實上住家在更早之前便幾乎全黑了。我想著玫瑰說：「孩子的誕生使我曾感覺人生又變得好長，當他死去時我乍然醒覺自己從未擁有過此生。」彷彿曾在鏡前不輟演練，她說這句話的時候表情沒有一絲動搖。我喝完杯裡剩下的酒，熄掉燭火，輕輕走下樓開車回家。

身體漸漸好起來的時候，玫瑰開始會騎著腳踏車到鄰近的城鎮探險，這表示她不再需要我的茶葉與日用採買服務。我們白日循著各自軌道運轉，但下午六點咖啡館關門之後，她會翩然下樓，等我整理完畢，一起去散步。

我們的路線很固定，沿著龐城唯一的主要道路，過城中心，再繞到公所後面的小徑，大片的麥田看不到盡頭，放養的牛隻剛開始見到我們防衛心很強，好幾次作勢要成群衝來。她可以看牛看很久，我即興一隻一隻編造牛的名字與個性，和牠們的家族情仇，玫瑰總是很有耐心地聽；或者我們自反方向過橋，左轉進大片養木場，間隔齊整的樹拔地而起，固定命運的人生使它們顯得蒼白而挺秀。向前走二十分鐘左右會面臨野生無章法的森林，她說森林使她害怕又著迷，好像站在高樓往下看那樣，恐懼高度又被墜落所吸引，我陪她坐在樹下聽樹葉窸窸窣窣的聲音，我們重想所有在森林裡迷路與逃脫的故事。這條迂迴之路最後會回到河右岸，我領她穿越枝枒錯綜的樹叢，抵達我最喜歡的河灣，夏天極盛的時候我習慣獨自到這裡游泳，在水中會錯覺自己不在這世界上面，而在世界裡面。有時候走得太遠，回途視線已經相當黯淡，從我們身處的泥土小徑往來時路看，光線漸層遮滅，遠處深成一團漆黑，她就停止說話，顯得有些緊張。等到我們並肩，真正走進去了，再鑽出來，她才說方才心臟鼓般跳動，好像就要走進幽冥交界。

我們一起走路的時候總是相隔了一個人的距離，她再也沒有多說關於自己的事，但這並不造成我們談話的阻礙，事實上我很驚訝她依舊是個好奇心很強的人，對未知仍充滿想像力，像是沒有經歷過什麼令她傷心欲絕的事。

我記得很清楚，我和她最靠近的時刻，並不依恃日暮天黑。那是可頌餐車會繞來龐城廣場為住民補貨的星期一，我們走岔了路，一口氣到了兩小時外的諾讓。雖然想著還得走兩個小時回去令人有些疲憊，但暫時離開麥田、油菜花與森林，漫步在一座新的市鎮，她看起來似乎很高興。所有店家都已關門，我們在石板路上逛著櫥窗，陽光仍在，雨忽然便下了起來。起初只是細如羽的雨絲，漸漸地雨滴愈打愈疼，我們不自覺加快腳步，她縮著肩膀皺著眉頭走，我把外套脫下來讓她披著擋雨，眼看著實在不行了，拉著她彎進路邊一間叫做喬治的酒吧。

我們狼狽地抖落身上的雨水，吧台裡的年輕女孩親切地遞來一疊紙巾。可能是雨天的緣故，酒吧裡一個人也沒有，我們點了熱茶與咖啡，最後在一個有著壁爐和深色地毯的房間落腳。她坐在這憑空而來的我們的客廳中間的沙發角落，把手裡的糖包撕開，整個加進杯中，攪拌了好久，端起來喝一口，然後放下馬克杯，看著我：

「你知道嗎？白玫瑰一直是我最喜歡的花。」

這座由老舞廳改建的酒吧我曾經過無數次，但從未走進。她的真心流露使我感覺安全，也或許百年前摟抱旋轉間親密的耳畔細語分別對我們誠心開導了一次，我倒下身躺在她的腿上，她順順我被雨水打得半溼的鬈髮，手指伸進記憶縫隙撫摸如浪皺褶，我闔上眼。

●

玫瑰是在幾天後的一個清晨離去的。她請管家替她叫了計程車，沒有讓我知道，自己悄悄收拾所有行李，去了車站。

我上樓打開房間，她把床鋪得整整的，微溼的踏墊與手巾集中在門前的木簍，鎖匙單薄地擱在桌上，沒有留下一張字條。那支白玫瑰還插在玻璃瓶裡，浴室的窗邊，原本盛放的早已凋落，含苞的只象徵性地嚬開，水還很澄清。我想像她每日不輟換水，眼神不忍將熄，空曠的房間迴盪著從未擁有機會落實的話語，它們在我胸口抓，好難受。

從那天起尚也消失了，尚與玫瑰一起消失了。我再也無法像從前一樣在河邊忘我遛狗，眼前的風景都使我感覺無比悲哀，我望向窗外，確信塞納河的神已遠走，萬物殘酷。

在教堂開始整修，暫時聽不到報時鐘聲的秋天盡頭，像嘲弄著我的人生一般，女人提議我們應該同居。「我已經受夠了這種週末兩地約會的日子。巴黎和特魯瓦到龐城的距離相去無幾，你還是可以通車去咖啡館。或者你想離開龐城了，我也不介意搬離巴黎。」她不理會我試圖解釋各自保有自己的空間是多麼美妙的事，也不願思索任何折衷的選項，「我希望可以一直見到你。」她最後這樣宣示。

我提早在十月把咖啡館收起來，本來該是十一月。這是固定程序，每年冬天我們封存這棟屋子，留待來年春天把昨年的祕密融化。從前合作過的的製片打電話來，說想和我談談手上的劇本，我不確定自己已準備好把故事當真，但我需要完全離開龐城、特魯瓦、巴黎，和一切優雅埋葬我的地方。而紐約並不優雅，它既瘋狂又布滿殘妝。

我沒有考慮太久地租下一間布魯克林的老公寓，距離地鐵站大約十分鐘的路程，搬著行李走上脫漆的木頭窄梯到五樓，我一直覺得整間公寓的地板是歪斜的，大概到了第二週，我才逐漸能夠適應。公寓原本的主人是個藝術家，客廳地板堆滿古怪的藏品、畫冊與攝影集，衣服凌亂地披掛在架上，我特別喜歡其中一件西裝版型的皮夾克，合身又粗獷，像就是依我的尺寸下去訂做的那樣。雖然屋子略顯灰暗潮濕，但由於位處頂樓，房子的工作桌上頭便是一面奢侈的天窗，不大不小，正好籠罩三分之二張桌子。我在這張工作桌上開始緩慢進行籌備新片的熱身作業，與一些舊識恢復聯絡，見一些新的人。

有時候我也寫信，手寫的那種，給巴黎的女人，沒有收到任何回信。

十月的最後一天我和製片正式碰面，我們相談甚歡，還煞有其事地列了接下來的時程表，離開製片公司的時候，一名助理開口問我，想不想去威廉斯堡參加萬聖夜的地下倉庫舞會。「你該來的，」他以一種對我擁有極深了解的口氣接下去說：「這是一個完全美國式的節日，但你不必勉強扮裝，那裡很黑，而且音樂很吵。」

我應約隨著歡樂成鬼的人群抵達門口，接到他的來電，說舞會人太多，被警察取締斷電，叫我不必過去了，話才說到一半，沒來得及另約地點，便斷了線。我試著向裡頭張望，被驅趕的群魔漲潮那樣湧上來淹沒我。

我隨著人盲目地流，因為未經打造如此平凡，沒有人和我說話。我走進一間打著清醒日光燈的披薩店，精神奕奕的南美裔店員遞給我一張剛出爐的披薩，我坐在電鋸殺人狂與武打女明星中間迅速完食。走出開始大排長龍的店門，一名矮小的老女人上前問我是否有菸，我把口袋裡的菸草與紙掏給她，她用鼻子哼了一聲轉頭就走，周圍幾個年輕人目睹這一幕，親暱地與我招呼幾句，我索性把菸草全給了他們，其中一個男孩從懷裡拿出一瓶啤酒塞給我。

我握著已溫熱的啤酒站在傳單飛舞的人行道上，無神四顧。對街那面牆有個比人還高大的野兔塗鴉，一群高中生模樣的女孩嬉笑著拿出手機要拍照，原本靠牆站在塗鴉前的一名女子便默默走開。我看著戴上橘色長假髮與雷朋墨鏡的女子站到觀景窗之外，把背包打開來翻找，然後拿出一盒火柴。她試著點燃，卻幾次失敗，每逢失敗，她便把火柴扔開，不知是否受潮的緣故，連續扔了好幾支。我看著她俐落卻溫柔的動作，覺得真像首歌，這麼想的時候我的腦子像被閃電擊中那樣，眼前一片亮白。

那是玫瑰。

她就站在對街餐館和二手衣店鋪外，終於把火柴擦亮，雙手捧護著火苗歪頭把菸點燃，抬眼把視線放遠，由右至左，沒有什麼焦點那樣，然後看見了我。

我胸口的獸凶猛衝上喉，想喊她，但人群喧囂吞沒我的聲音。我踏出步伐要往她的方向走去，像第一次見面時那樣，她淡然作了一個阻擋的手勢。我不知所措，收回腳步留在此岸，盯著她，眼睛一下也不敢眨。

她別過臉把手上的菸抽盡，蹲在地上重重捻熄，沒有看我一眼，然後像下定什麼決心那樣，低著頭穿過柏油路上三兩成群的人，走向我，到我面前，雙手輕輕扶在我胸口，用鼻頭蹭過我的臉頰而後貼著它一秒鐘，像在諦聽又像是在訴衷。那一秒之間我餘光瞥見尚從街角探頭，表情像是不意冒犯了什麼，他迅速退了回去。

玫瑰的臉正如我所想像那樣冰冷，她穿越那片微不足道的空白時光而來，在我還來不及反應時，又頭也不回地快步走回對岸。從城市角落相約掠食的千萬鬼魂飢餓地吞噬她，我目光跟不及，她便被捲入無底的黑裡。我扶著路燈，感覺身處的街道急速後退，而我穿過所有破敗的磚造建築撞上鐵網，我的身體好疼。我又失去他們一次了，我的女男主角，就復生在冷酷世界的對街，我卻怎麼也走不到。我沿著滿地的垃圾走下地鐵站，坐在月台中間的座椅上，用只有自己聽得到的聲音對著飛馳過站的列車喊玫瑰：「玫瑰玫瑰。」然而她的名字像一個失效的咒語，並未帶回死者亦無能使生者真正重聚。

我搖搖晃晃回到傾斜的公寓，攀著生鏽的鐵梯走上樓頂，整座紐約城是霧紅色的地獄，枯萎的盆栽被依舊喧鬧的漫長的夜丟棄在腳邊，我趺坐在它們中間，拿出手機，撥電話回巴黎。

電話只響了一聲，便被接了起來。我沒有說話，女人也不說話，我們的沉默佔據六個小時的海洋。幾次張口徒勞，我聽著如鯨低鳴的電流，最後低低地，一個字、一個字對著話筒說：

「搬來和我一起住吧，我已無法忍受知悉渴求過後的空虛。」

她沒有回應，我聽見她的呼吸在海洋上浮浮沉沉，想像她起伏猶豫的胸口。

「妳在想什麼？」我試著抓住她漂遠的軀殼。

看不見星星的夜裡飛機破空而過，一架、兩架，我躺下來數著他們閃爍的規律。不知道過了多久，從我所渴望與背離的美麗廢墟底下，傳來她被願望磨損已久、奇情沙啞的聲音：

「在我眼前，你遠眺過的河道已醒，一隻天鵝正劃傷它游去。」

願望

灩灩覺得她好像戀愛了。也不是什麼大不了的事，不過有一日睡覺前，她盯著飯廳角落的一張雕花凳良久，一直看見罌罌盤著腳坐在上面，夾著菸的左手掩她半張臉。她發傻盯著那骨節凹凸的手指，果汁機裡的果肉都打盡了，成一盅爛糊的甜泥。

她試著眨眨眼，罌罌就跟著眼簾隱沒在那百分之一秒的黑暗裡。灩灩嘆了一口氣，自顧自走向浴室，對著洗手台上方的圓鏡睜大了眼珠，剝下兩片隱形眼鏡，換上笨重的塑框眼鏡。這時她才覺得，一天真正結束了。

灩灩的眼睛不好，近視和散光度數都深。前陣子她發呆的時候，忽然發現左眼的外緣有一個模糊的黑點，會飛，像是一隻離得很近的蚊子。她伸手，撈了個空，蚊卻還在。直到她轉動眼睛，這才發現這黑影是附在自己的眼球上，向右向左，全憑她意之所至。醫生告訴她這是飛蚊症，是高度近視病人常見的退化現象，既已發生，便無法療癒。她沒有感覺到特別傷感，觀察顯微鏡的時候她時常向這隻老看不清斑紋翅型的飛蚊打招呼，她感覺自己得到一份清淡的禮品，擁有了一隻完全順從她的小寵物。

沒有人告訴我戀愛會產生幻覺啊。灩灩躺到床上，盯著天花板上的和式宮燈，散光度數使得宮燈的光潰散成半透明的橘色細胞，一個疊著一個，看得再裡面一點，還會有游魚飛蟲。她想起瞿瞿襯衫上的領釦。第一次看見瞿瞿，由於離得太近，她的視力忽地渙散，只夠看見她的領扣，她沒有看過這樣講究的釦子，像琥珀裡鑲了一枚藍寶石，琥珀的裂紋和寶石的耀眼含藏在一起，灩灩一下子淹沒在自己迷幻的眼界裡，半晌說不出話來。

那是一個禮拜前的某天，灩灩下班，如常蹬著高跟鞋走回家，路過街角的錄影帶出租店，看見了長櫃中間的瞿瞿。她想開口，叫不出聲音來。沒有名字可以開口，也沒有辦法一下把說話的頻道對準她不明的性別，她遠遠看著𦉪𦉪只覺得親切，她的手腳眼耳，翻拾碟片的姿態。灩灩忽然覺得這個相認的開端應該要很自然，於是她靜靜走過門與廊，站到𦉪𦉪旁邊，捏了一下她的手窩。

「嗨。」

𦉪𦉪是錄影帶出租店的新店員，她說她貪看電影，到這裡工作可以省去許多為她的嗜好耗費的時間與金錢。𦉪𦉪說話的聲音沒有女孩子氣，奇怪的是，也不像男孩的低沉或沙啞。

「灩灩，𦉪𦉪，𦉪𦉪灩灩。」

「我喜歡我的名字和妳的共組一個意思。」

灩灩耳朵發燙，嘴裡像含了一口很稠的蜜，久久才順暢地嚥下去。

此後灩灩每日一過午都坐不住，像隻繞著圈子踱步的白文鳥，關在籠裡的時光愈來愈難捱。灩灩的工作是約氏藥廠的總機小姐。以她的英國碩士學歷，這份工作在大多數人眼裡是屈就了，不過灩灩非常喜歡這份工作。她覺得接電話讓她單純成為一個被經過的人。在長長的一天裡，她所需要做的事情就是讓對的人相互接上話，她與經過她的聲音與意圖之間保持著幾乎最微小的關連，像是連結兩台主機互通有無的網路轉接頭，明明必要，卻若有似無。她對這樣的人事距離相當滿意，

另一個使她離不開這份工作的原因，在於約氏藥廠本身。約氏藥廠不是一個普通的

生產胃藥止痛藥保肝丸的藥廠，它網羅了全世界幾乎二分之一最優秀的生化人才，以堅強的研發團隊與先進設備，成就了只有它能達成的跨國服務機構。它僅僅接受上流階級以及王族富人的訂單，針對客戶的特殊需求，量身訂製一些令人匪夷所思的藥品。

灩灩曾經偷偷溜到史料庫翻閱那些如夢似幻的藥物：有一組控制夢境的藥叫作「Final Cut」，共有一年份三百六十五種光束，只要在睡前打開光束，超奈米幻燈機與偵測器便會隨著光束附著、進入你的身體，依照你所選擇的光束刺激感官及大腦裡的視覺皮質，播放各式主題的夢境。「Final Cut」的人工智慧還可以自動探測、消化夢境中的你是否有意願進入夢境的下一階段，它設計的三百六十五個主題夢境裡至少有上萬個岔路可供選擇，客戶一點也無須擔心夢境重複或者不可收拾的問題。「Final Cut」是摩洛哥王子柯本的訂製藥物，他長年為失眠所苦，必須服用重劑量安眠藥才能一覺到天亮，但整夜無夢使他在醒來的白晝裡更加疲憊。資料顯示在服用「Final Cut」之後一個月內，王子的睡眠品質得到顯著的提升，就連安眠藥的劑量也隨著逐漸降低。王子還將「Final Cut」介紹給他的好朋友：視覺系搖滾巨星特洛伊，灩灩看著評估報告上特洛伊塗上魚鱗片片的濃妝，圖片下面特洛伊用簽字筆寫下：「Better than Drugs, I made this look from my fabulous dream!」；還有電腦巨擘彼特威得訂製的「I-sing」，這是表演狂必定為之傾倒的發明。它像是一個人體留聲機，可以無時無刻為你探查與人接觸時最適宜的背景音樂，從你的心境、對方的回應，自然地利用你的身體作為觀察與發聲的工具，最後從你口中輕輕送出，卻毫不干擾你本來要表達的話語。據說這項藥物大大提高了彼特各項交易的成功率，氣氛得宜並會自行巧妙轉換的背景音樂，使得對方對客戶的信任度不知不覺大量提升。缺點在體內停留的「I-sing」一併控制了整個聲音系統，一旦停止服藥，說話的功能也會同時喪失。目前為止約氏藥廠仍在持續為「I-sing」做實驗修正，希望可以克服這個全有與全無的困境。

灩灩跟瞿瞿說過這些常人根本無法取得的藥物，一面說一面神采飛揚，她覺得這些嶄新的發明讓天馬行空的幻想都有機會一一步上了正途。

「你知道嗎？他們正在研發的最新藥物『Révélateur』真的超酷，它可以讓連自己也察覺不到的願望成真喔。研究員跟我說，他們從愛因斯坦的質能互換公式E=MC平方得到啟示，既然物質是能量的另一種表現形式，反之亦然，那如果我們將一個人內心隱蔽願望的巨大驅動力匯集起來，那個終極的願望便可以被完全具像化、呈現在你面前。」

「『Révélateur』是法文，是『揭露者』的意思，也是攝影用的顯影液。我偷偷看過他們的初步評估報告：人心真是太不可思議了，有人得到小時候練習用的紅色舞鞋，有人的手腳開始抽長，還有人被各式各樣的性玩具淹沒耶。」

灩灩繼續興奮地說：「『Révélateur』的療程比較特別，是七天療程。七天裡你的願望會從一個隱約的形象逐漸清晰，最後鑲嵌到你的生活裡，成為你的一部分。」

「聽起來像是上帝七日造人的故事哪。」罌罌插嘴。「把願望找出來，再幫你完成它，難道我們都再也不必為願望而努力了嗎？」

灩灩沉默了好一陣，她沒有想過這種事。

「妳不懂啦，一個不知道自己擁有什麼願望的人究竟是什麼心情。」她小小聲地回罌罌的話。

罌罌卡喳一聲按下拍立得相機的快門，照片從相機嘴裡吐出來，灩灩沮喪的臉慢慢浮出藥水表面。「妳看，這是一張獨一無二的相片，或許有一天我們會發明出像霍格華茲學校裡可以罵人和微笑的立體相片，到時還會有人記得這張獨一無二的相片嗎？」

瞿瞿繼續說著：「新的意義發生的同時，舊的意義正在失去。我不怕無法完成願望，我只害怕這些為我們的決定涉入太深的藥物，會使我們再也不懂得珍惜珍貴的片刻。」

灩灩聽著瞿瞿說的話，奇異地感受到一股平靜。灩灩沒有姊妹，只有兄弟，像這樣安適與平等的說話方式，她從未體驗過。她的童年只有孤單。還有夏天游泳的記憶。他們總是促狹地把她的頭按進水裡，她用盡力氣手打腳踢要掙脫，無奈勢單力薄，只落得又嗆又哭，整張臉都是游泳池的消毒水和無法控制的淚水鼻水。好幾次她坐在兒童池邊，抖抖地看著池裡如魚的兄弟，只想著這世界多歪斜，而自己竟只是一隻不由人的造物。

灩灩不願回想了。她把宮燈熄掉，闔上眼睛，睡前的藥已經吃過，今晚應該又可以好眠。恍惚之際她想到和瞿瞿一起看過盧貝松的一部電影，有一個滿臉鬍渣的殺手，和一個抱著大花盆過馬路的小女孩。她記得小女孩問殺手：「所有人的童年都這麼難熬嗎還是只有我？」，她忘記殺手怎麼回答的了。

隔日早晨灩灩大叫著醒來。

她做了一個很長的夢，夢裡她坐在一台遊覽車上，好多兇猛的刺虎野鹿向她撲來，她自知無路，蹲下身想佯裝逸離險境，捂著耳朵她聽見母親在窗外大喊：「妳有種就不要給我回來！」，她從發抖的指縫往外看，只看見瞿瞿遠遠的影子，被突如其來的大雨淋得模糊，瀅瀅從喉嚨的最裡面喊叫出聲：「救我！」，話還沒有穿過口腔和唇齒發出真正的聲音，她就硬生生地醒了。

屋外跟夢裡一樣正下著雨，她拿起床頭的空藥袋，想起昨晚睡前吞下的最後一顆「**Révélateur**」。當研究小組在廠內招募「**Révélateur**」的人體試驗對象時，瀅瀅沒有考慮太久就決定報名。她已經許久不想費力改變她的生活，如果只是七顆藥，她想這種被動的革命或許很適合她。經過重重篩選，她與其他四名員工被挑選為受試者，而她被選中的原因據說是「思考消極，無法預測。」

她才不在意自己為什麼被挑上，不過她確信她比他們任何一個人都更想知道自己的願望。開始服藥的時候，她每天都在想像，以為她的生活裡至少會出現全套的家庭SPA組合，或者老家二樓掛有木珠門簾的小房間。但每天寫下觀察日誌的時候，她都頹然地發現自己毫無所獲。七天過去，她的生活周而復始，沒有改變。不過沒關係，灩灩靜靜地從心裡偷笑，現在她發現自己已經不再需要這荒唐的藥物，也毫不在乎藥物的成功率與副作用了。

她已心有所屬，而這才使她孤單的日子終於結束。

她下床，走到落地鏡前，看著自己的臉，因為沒有戴著眼鏡，要走到很近，才勉強可以看見五官的輪廓。她直直看著自己的眼睛，小飛蚊在無法聚焦的視線周圍拍著翅膀，從伸手不能企及的空氣中靠近她、靠近她，微弱的光與物事的重影像是撒了一張漫天大網，緩緩向她落下，眩暈的知覺搖晃她端正的世界，她在太空裡，又像被推擠進一個愈來愈狹窄的甬道，她頭疼不止，彷彿即將爆炸，在瀕臨的尖端處有人輕輕掐了她的手窩。

「妳等我，等了很久了嗎？」

她看著鏡中的人影，是罌罌。是她給自己的願望。這時她才懂得她的人生，眼淚就掉了下來。

跋

這本書所收的短篇小說並不多，時光卻橫跨近十年。十年中間我不學無術：談過幾次戀愛、養起一個小孩、搬了三次家、弄倒一間店、出了一本長篇一本評論、生了一場沒頭沒腦的大病。最末終於狠下心要放它們從我電腦裡離開，給其他人看。

封面是我仍無牽無掛在歐陸旅行時，路過一大公園中央一座靜靜矗立的水泥立方體，湊近了看見的錄像作品截圖。那是藝術家雙人組Elmgreen & Dragset為納粹時期受難的同志所設計的紀念碑，裡頭重複播放的是丹麥導演Thomas Vinterberg的一分半鐘短片〈The Kiss〉。我拍攝當時已愛柏林，因為它毫不在意自己的美，卻也沒料到可以偶遇如此令人心動的影像，此情無計可消除，祇得為它留了一張相片為證。主編、美術設計、與我，三票無異議通過以它搭配這個宛若九〇年代香港電影的書名。

拍下照片時自然從未想過有一日它將成為自己的書封，但我迷戀這種人事時空之間隱隱相牽的愛意。感謝阮慶岳老師以及張亦絢老師為這本書寫的序，感謝所有曾為它付出心力的人，感謝讀到這些字的人，感謝愛意使我們相連。

新人間叢書286

失戀傳奇

作　者—羅浥薇薇
執行主編—羅珊珊
校　對—羅珊珊、羅浥薇薇
封面設計—好春設計
行銷企劃—王小樨

發 行 人—趙政岷
出 版 者—時報文化出版企業股份有限公司
10803臺北市和平西路三段二四〇號四樓
發行專線—（〇二）二三〇六六八四二
讀者服務專線—〇八〇〇二三一七〇五　（〇二）二三〇四七一〇三
讀者服務傳真—（〇二）二三〇四六八五八
郵撥—一九三四四七二四時報文化出版公司
信箱—臺北郵政七九～九九信箱
法律顧問—理律法律事務所　陳長文律師、李念祖律師
印　刷—盈昌印刷有限公司
初版一刷—二〇一九年五月三十一日
定　價—新臺幣二八〇元
（缺頁或破損的書，請寄回更換）

時報文化出版公司成立於一九七五年，
並於一九九九年股票上櫃公開發行，於二〇〇八年脫離中時集團非屬旺中，
以「尊重智慧與創意的文化事業」為信念。

失戀傳奇 /
羅浥薇薇著. -- 初版. -- 臺北市：時報文化, 2019.05
面； 公分. --

ISBN 978-957-13-7821-3（平裝）

863.57 108007685

ISBN 978-957-13-7821-3
Printed in Taiwan